書下ろし

青頭巾ちゃん

睦月影郎

JN100443

祥伝社文庫

目次

〈主な登場人物〉

百瀬丈太郎《ももせじょうたろう》（21）大学三年生、ミステリー研リーダー
立美洋介《たつみようすけ》（21）同期の女たらし
小西亜紀《こにしあき》（18）大学一年生、ミス研のアイドル
酒井香澄《さかいかすみ》（19）大学一年生、スポーツウーマン
神田美雪《かんだみゆき》（20）大学二年生、神秘学と妖怪好きな不思議ちゃん
伏尾千恵里《ふしおちえり》（21）大学三年生、面倒見の良いお姉さん
野川真貴子《のがわまきこ》（29）ミス研の顧問、国文科助教
木場百合子《きばゆりこ》（40）ペンション「せいざん荘」オーナー

《「せいざん荘」見取り図》

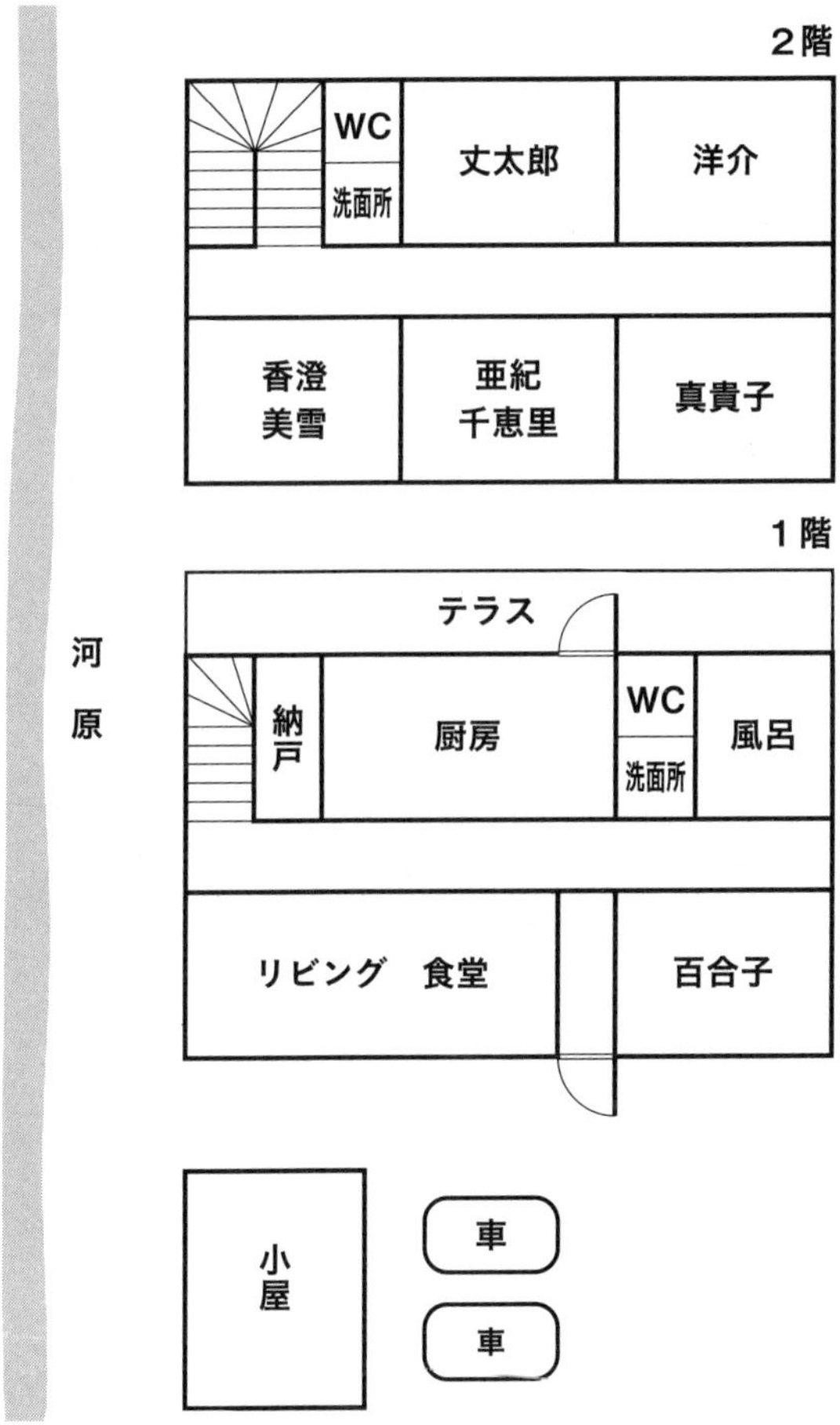
2階
WC
洗面所
丈太郎
洋介
香澄
美雪
亜紀
千恵里
真貴子
1階
テラス
納戸
厨房
WC
洗面所
風呂
リビング　食堂
百合子
河原
小屋
車
車

第一章　妖艶《ようえん》美女の棲《す》む館

1

「何だって？　それは無いだろう、当日になって……」

「悪い。レンタカーが五人乗りしかなかったんだ。今回は諦めてくれ。じゃ出発するので切るよ」

洋介《ようすけ》に一方的にスマホを切られると、出る仕度《したく》を調《ととの》えていた丈太郎《じょうたろう》は怒りに震えた。

どうせ洋介のことだ。車は予定通り七人乗りのワゴンを借り、女性たち四人を独《ひと》り占《じ》めにし、ゆったり座ってドライブを楽しむつもりだろう。女性が四人もいるのに、一人も丈太郎には回さないという意地悪さが見え見えだ。

恐らく彼女たちには、

「何かあいつ、急に用事が出来たんでパスだって」

とでも言っているに違いない。

そして女性たちも、日頃から影の薄い丈太郎が来なくても誰一人残念がるようなことはなく、あの軽薄な洋介との会話に興じることだろう。

丈太郎は歯嚙《はが》みし、準備していたリュックを蹴《け》ってゴロリとベッドに横になってしまった。

今からラインしたところで、もう出発しているのだから間に合わないし、もし洋介が女性たちに説得されたにしても、とても引き返して迎えに来るようには思えない。

百瀬《ももせ》丈太郎は、二十一歳の大学三年生。

国文科専攻で、ミステリー研究会に属している。今回はサークル引退の時期が近いので、連休を利用し、サークルの六人で北関東のペンションに行こうということになっていた。

ミス研といってもメンバーは六人だけ。

今回は一年生の小西亜紀《こにしあき》が、前に家族で行ったペンションを紹介してくれたのだった。

その亜紀は、まだ十八歳の愛くるしい美少女で、何かと丈太郎に懐《なつ》いていたので、彼女だけは今回の自分の不参加を残念がっているのではないか、と希望を込めてそう思いたかった。

他のメンバーは、同じく一年生の酒井香澄《さかいかすみ》。二年生の神田美雪《かんだみゆき》。そして三年生の伏尾千恵里《ふしおちえり》だった。

みな美女揃《ぞろ》いだが、今まで何一つ丈太郎との仲が親密になるようなことはなく、もっぱら彼は妄想オナニーで彼女たちにお世話になっていた。

今回のようにサークルで一泊旅行などというのは初めてで、だからこそ丈太郎は期待に胸を弾《はず》ませていたのである。

件《くだん》の立美《たつみ》洋介も、丈太郎と同じく三年生である。

丈太郎はサークルのリーダーだが、元々シャイでインドアの読書家であり、洋介に逆《さか》らえなかった。ミス研ではみんなが読んだ本の感想やレポート、創作などに専念したいのだが、洋介は遊ぶことばかり提案してきた。

洋介は、ろくに本も読まないのに、単に可愛い子が多いという理由で、三年生になってからミス研に居座るようになっていた。

家は大手スーパーの経営者なので苦労はなく、大学生活の残り一年余りをとことん遊ぼうという薄っぺらな二枚目である。そのくせお喋《しゃべ》りで、自分に酔いしれているところがある。だから女性よりも、モテる自分が好きというタイプで、女性たちの笑いを取るためなら、いかに丈太郎がダサいかを平気で引き合いに出す奴だ。

だから女性を落としても大感動などせず、また一人クリアと思い、すぐ次のターゲットに向かうような男である。

要するに自分のことだけが最優先で周囲の空気が読めず、一種のサイコパスなのだろうが、まだ世間知らずな彼女たちは、金持ちで気前と顔の良い洋介を取り巻いているようだ。

そして今回も、出発当日の朝になって、来るなと連絡してきたのは、それが最も丈太郎が傷つくタイミングだったからだろう。

確かに洋介は、大金を使い、多くの女性に手を出して面白おかしく生きてきただろう。丈太郎は根の暗い童貞《どうてい》だが、学力だけは洋介など足元にも及ばないほど優秀だった。

洋介はその一点だけでも敵わないのが許せないのか、顔は笑っていながら底意地の悪い言葉ばかり向けてきた。

「そんなことだから、二十歳過ぎて童貞なんだよ」

洋介が言うたび、女性たちは、

「ええーっ！」

と驚きながら奴の話に乗っていた。ただ亜紀だけは、気の毒そうに丈太郎を見つめていたものだった。

確かに丈太郎は、まだファーストキスさえ未経験の完全無垢《むく》な男である。

高校時代から、それなりに片思いはしてきたが成就《じょうじゅ》した例しはなく、あとはひたすら読書ばかりしてきた。

洋介などとは違い、丈太郎はたった一人の恋人さえ出来れば、感激で世の中全てがバラ色に見えることだろう。

何とか大学生のうちに彼女の一人ぐらい作らないと、と思っているのだが、三年生も残り僅《わず》か。来年は就職活動に専念しなければならない。

丈太郎の家は静岡で、父は平凡なサラリーマン、母はパートで、彼は一人っ子だった。志望は高校の国語教師なのだが、あまり人前で喋るのも得意ではないので、いつか作家デビューしたいと願っている。ただ、世の中そんなに甘い世界ではないだろう。

とにかく丈太郎は昼近くまでゴロゴロし、ようやく起き出すとインスタントものので昼食を済ませた。

SNSを見てみると、千恵里が車窓からの風景や、車内の面々の顔をアップしていた。

小柄ながら女性らしい体型の亜紀は、セミロングの髪に笑窪《えくぼ》と八重歯《やえば》が魅力的な美少女。

すらっと背筋の伸びた香澄はショートカットで、高校までは陸上選手だった活発なタイプ。

肌の白い美雪は、ボブカットでミステリアスな雰囲気を持った不思議ちゃん。

艶《つや》のある黒髪の千恵里は、ロングヘアーのメガネで、大人しい図書委員タイプである。

みな洋介など比べものにならないほど、多くのミステリー作品に精通している。

それより車内の写真から、やはり車は七人乗りのワゴンらしい。

そしてもう一人、運転する洋介の隣、助手席には来る予定ではなかった人物が映っていた。

それはミス研の顧問で二十九歳、国文科助教の野川真貴子《のがわまきこ》だった。独身で清楚《せいそ》、彼氏がいるかどうか分からないが、丈太郎にとっては可憐《かれん》な亜紀と同じぐらい、年上の中では憧れの美女である。

どうやら洋介が、こっそり彼女まで誘っていたようだ。

（あの野郎……）

丈太郎は奥歯を噛み締めたが、天気予報を見ると、どうやら北関東の天候が荒れはじめているようである。

もちろんザマアミロとは思わない。洋介一人が遭難するなら良いが、サークルの大事な女性たちが五人もいるのだ。

高円寺《こうえんじ》にあるアパートは六畳一間に狭いキッチン、あとはバストイレだけで、ベッドと机に本棚、小型冷蔵庫に電子レンジがあるきりである。

とにかく丈太郎は気を取り直し、読書をしてはネットを見回し、夕方まで過ごしたのだった。

すると東京にも雨が降りはじめた。

まあ連中は、どうせペンションで宴会をし、明日はドライブして夕方には帰京することだろうから、それほど雨は関係ない。

昼間以来、千恵里も他の女性もSNSには何もアップしていなかった。

そして丈太郎は冷凍食品をチンして早めの夕食を済ませ、また読書に入ろうと思ったところ、突然電話が入ったのである。

千恵里からだった。

「百瀬君、これから来られないかしら」

出ると、彼女は切迫した口調で言う。

「どうしたんだ」

「夕食の時間になっても、立美君と亜紀が戻ってこないの」

「おいおい」

そんなことで北関東まで来いというのか。

しかし洋介と亜紀が、二人きりでどこか山小屋にでもしけ込んでいるようなら大問題である。

「真貴子先生がいるだろう」

「ええ、先生が、こんなとき百瀬くんがいたらなって言うものだから。亜紀からの連絡が途絶えるなんて初めてだし、何か胸騒《むなさわ》ぎがするの。私、車で駅まで百瀬君を迎えに行くから」

だいぶ電波が悪く、音声も途切れ途切れだったが、何とか最寄り駅を聞いて電話を切った。

そして丈太郎は、急いで出ることにした。

やはり女性たちのいるところへ行きたいし、行く理由が出来たのだ。それに、何かアクシデントがあったなら洋介を出し抜くチャンスでもある。

もちろん洋介はともかく、亜紀が心配だった。

丈太郎は朝に仕度をしたままのリュックを背負い、小雨《こさめ》のなか傘も差さず駅まで歩いて中央線に飛び乗った。

車内で特急の時間を調べ、東京から上野《うえの》に行き、何とか列車に乗ってから、千恵里にラインしておいた。

その後続報は入らないが、まだ警察に届けるほどではないだろう。

特急を降り、ローカル線に乗り換えたところで、千恵里からラインが入った。

「いま駅に向かってるわ。そっちは」

「ああ、時間通りに乗り換えた。じゃあとで」

彼は返信してスマホを切った。まだ亜紀たちは見つかっていないようだ。

一行は、昼過ぎに山奥にあるペンションせいざん荘に到着し、少し遅めの昼食にしたらしい。

　そして、まだ雨も降っていなかったので各々で山歩きをし、夕食前に戻るはずだったのだが、洋介と亜紀だけ帰ってこなかったようだ。その頃になって急な土砂降りとなり、携帯もつながらなくなったという。

　周囲は山ばかりで店どころか人家《じんか》もなく、日が暮れると真っ暗になるらしい。そんなところへ丈太郎が行っても、どうにもならないと思うのだが、こんな自分でも男として頼りにしてくれるとなると嬉《うれ》しかった。

　もっとも着いた頃には洋介がちゃっかり戻っていて、何しに来たんだという顔をするかも知れない。

　そして夜十時、ローカル線の終着駅で降りると、他に客は誰もいなかった。

　昼間なら遠くに人家ぐらい見えるのだろうが、今は暗いだけで、がらんとしている。店も何もない駅前は雨に煙り、聞こえるのは轟々《ごうごう》たる雨と風の音だけ。

　すると、向こうに一台だけ停まっていたワゴンからクラクションが鳴った。

2

「やっぱり、このレンタカーを借りたんだな」

ワゴンの助手席に乗り込んだ丈太郎は、足元にリュックを置いてシートベルトを締めると、ハンカチで髪を拭いた。

「立美の奴、満員で乗れないから来るなと言ったんだぜ」

「それはひどい。でも亜紀たちが心配だわ……」

千恵里は心ここにあらずといった感じで答え、すぐに車を発進させた。

「雨がひどくなってきたから気をつけて。道は分かるの？」

「ええ……」

千恵里は言い、車内には彼女の汗の匂《にお》いか、柑橘《かんきつ》系を含んだ甘ったるい熱気が蒸《む》れて悩ましく立ち籠《こ》めていた。

すぐに舗装道路が切れて山道に入り、やがて視界も定まらぬ細い道に入った。左右は背の高い草が、唸《うな》りを上げた横風になびいている。

東京より大荒れで、ちょっとした台風のようである。

これも洋介に罰《ばち》が当たったのだろうが、彼女たちにとっては災難である。

車は多少揺れたが崖はないし、スリップすることもなく山路を進んだ。

しかし、これから自分などが行って何の役に立つのだろうか、と丈太郎は今も思っていた。

もしも朝まで二人が戻らなければ、さすがに通報し、あとは警察に任せるしかないだろうに。

「山に、避難する小屋とかはあるのかな？」

「いえ、百合子《ゆりこ》さんに訊《き》いても、そんなものはないって。あ、木場《きば》百合子さんというのはペンションのオーナーで……」

千恵里が、ハンドルを操《あやつ》りながら言う。

どうやら、ペンションはその女主人一人でやっているらしい。

「でも、すぐ来てくれて嬉しいわ。なんたってリーダーだから」

「それなら、立美に言って最初から行けるようにしてもらいたかったね」

「だって、百瀬さんは急用が出来たって言われたから」

やはり洋介は、そんなことを言って女性たちだけと出かけたのだ。

やがて三十分ばかり走ったところで、背後から異音がして地面が揺れた。

「な、何だ……？」

丈太郎がビクリと身をすくませて言うと、

「キャッ……！」

バックミラーを見た千恵里が悲鳴を上げ、急停車して振り返った。丈太郎も見ると、土砂崩れで狭い一本道が寸断されているではないか。激しい地滑りが道を斜めに覆い、雨の飛沫《しぶき》を立ち昇らせていた。

「た、助かったあ……」

丈太郎は胸を撫《な》で下ろした。それにしても何というタイミングだろう。少し遅れていたら、二人で生き埋めになっていたところである。

「と、とにかくペンションへ……」

千恵里は声を震わせながら再スタートし、もう五分ばかりで灯りの点《つ》いた建物の前に着いた。

隣には、もう一台車があり、それはオーナーのものだろう。

ペンションせいざん荘は二階建て、横長の洋風の建物で、茶色の三角屋根に、木製の玄関が特徴的だった。手前の駐車場脇にはプレハブ小屋があり、そちらは灯りも点いていないから物置なのか。

周囲が暗いのでよく見えないが、左手には河原へ続くような草の斜面、右手は山のようだが、麓《ふもと》は道路からかなり向こうに離れているから、ここは土砂崩れの心配もなさそうである。

玄関まで近いので、降車した二人は傘も差さず駆け込んだ。

「お疲れ様です。木場です」

四十歳前後の女性が迎え、二人にタオルを渡してくれた。髪をアップにした和風の顔立ちで、ブラウスの胸が豊かに膨《ふく》らんでいる。これは、真貴子以上に熟《う》れた美女だった。笑みを浮かべてはいるが、さすがにこの事態で不安そうな表情は消えなかった。

「あ、百瀬です。お邪魔します」

「大変でしたわね。どうぞ奥へ」

建物の外見は古風だったが、中は綺麗《きれい》で玄関も広く、こんな事態でなければ快適なペンションである。入って廊下《ろうか》を左に折れると奥にリビング兼食堂があり、そこに香澄、美雪、真貴子の三人が亜紀たちを案じて心配そうに座っていて、そこに丈太郎と千恵里が加わると、百合子がコーヒーを持って来てくれた。

どうやら、洋介と亜紀はまだ戻っておらず、残った人たちは何とか夕食を済ませたようだった。

それでも、まだ風呂に入る気はしないようで、リビングには女性たちの汗ばんだ匂いが甘ったるく濃厚に混じり合い、丈太郎はモヤモヤと妖《あや》しい気分になってしまった。

やはり慌ただしかったが来て良かったと思うし、心配な亜紀のことも東京でやきもきするより、皆と一緒に話し合いたかった。

面々も打ち沈んでいるので、大変な旅行になってしまったようだ。

階下は、他にバストイレと厨房《ちゅうぼう》に百合子の部屋。そして二階にはトイレと、客室が五部屋あるらしい。

「ああ、来てくれて嬉しいわ」

真貴子が、ほっとして言う。

それなら、前もって今日誘われたことを教えてくれても良いし、もっと日頃から頼りにしてくれれば良いのにと丈太郎は思った。

「それより、崖崩れがあって道が塞《ふさ》がれたわ」

「まあ……」

千恵里が言うと、百合子が立ちすくんだ。

「道はあそこだけなんです。明日、通報しようにも来てくれるかしら。それにしても、巻き込まれなくて良かったわ……」

百合子が声を震わせて言い、一緒に座ってコーヒーを口にした。

丈太郎も、晩秋《ばんしゅう》の雨に打たれ、冷えた身体に熱いコーヒーが染み渡って旨《うま》かった。

「あれから携帯はつながらないまま?」

「ええ、雨になるまで山歩きをしていたけど、私たちは四人で歩いていて、立美さんと亜紀は二人で川の方に行ったらしいわ」

ショートカットの香澄が言う。

「四人でここへ戻って、すぐ二人も帰るだろうと思って、夕食の仕度をしている百合子さんの手伝いを」

ボブカットの美雪が言い、神秘学の好きな不思議ちゃんも今は心配そうに表情を暗くしていた。

丈太郎は念のため、亜紀にラインしてみたが既読にはならなかった。

そして百合子に確認しても、やはり近くに避難するような小屋などはないらしい。

四人が、最後に二人を見たのは午後二時過ぎという。

それに、ただでさえ電波がつながりにくい山中だった。

豪雨でなければ懐中電灯で探しに出るのだが、この雨風ではそうもいかない。

「待っていても仕方がないので、順々にお風呂を済ませて下さい。私は一応通報してみますので」

百合子が言って奥へ引っ込んだので、真貴子と千恵里は、先にバスルームへ行った。二人が入る前に丈太郎が覗《のぞ》いてみると、洗い場もバスタブも広く、三人いっぺんにでも入れそうである。

丈太郎は、もう一杯コーヒーを注ぎ、香澄と美雪を前に座った。

「あの二人、付き合ってるような様子はあった？」

彼は、気になっていたことを二人に訊いてみた。

「立美君と亜紀？　それはないでしょう。亜紀は無垢だから、あんな遊び人みたいなタイプは好きにならないと思うわ」

「ええ、歩くのが遅い亜紀を立美君がリードして、そのうち横道に入ったんだと思うわ」

香澄と美雪がそう答え、丈太郎も少し安心したが、それでも心配が消えることはない。

「暗いので僕は分からないけど、周囲の様子は？」

「裏山に登る道があって、あとは山林ばかり。建物は、終着駅の周辺だけだわ」

香澄が答えると、そこへ百合子が出てきた。

「やっぱり、天候が悪くて今日の捜索は無理みたい。明日の早朝から崖崩れを取り除くための工事車両を手配してくれると言ってたけど、とにかく雨と風が収まらないと」

「そうですか……。もう、朝まで寝て待つしかないのかな……」

丈太郎は百合子に答えた。

「あの、食材を小屋へ取りに行きたいのだけど、お手伝いして下さる？」

「ええ、分かりました。どうせこれからお風呂だから濡《ぬ》れても構いません。着替えも持って来たし」

百合子に言われて丈太郎が気軽に立つと、

「そういえば食料がある小屋、確認していないわね」

香澄が言って立ったので、一人残るのは嫌らしく美雪も来ることになった。

「助かります。みんなで一度に運んでもらえれば」

百合子が言って玄関を出ると、丈太郎と香澄に美雪も連れだって雨の中に飛び出した。

ほんの十歩ほどの距離で、すぐに百合子が小屋のドアを開け、中の灯りを点けた。見ると意外に広く、隅には大型の冷蔵庫と冷凍庫、手前にはビールのケースが積まれ、棚にはワインも並んでいた。

あとは何が入っているかも分からない段ボール箱が積まれ、迷路のように間を通り抜けられるようになっていた。

死角が多いので、何となく誰かが潜んでいそうな不気味さが感じられた。

そして丈太郎が恐る恐る段ボール山の角を曲がると、コンクリートの床に、何とも無惨で異様なものが転がっていたのである。

「え……、これは……」

丈太郎は目を凝《こ》らした。生臭いそれは血まみれの臓物《ぞうもつ》と、人のものらしい手足ではないか。彼女たちの悲鳴が、小屋の中に響き渡った。

「来ないで。見るんじゃない！　百合子さん、もう一度通報を」

丈太郎は言ったが、彼自身も腰が抜けそうなほど全身が震え、悪夢の中にいるようだった。

3

隅には脱いだ服があり、それは男物だから、この無惨な死体は洋介ということになる。空を摑《つか》んでいるようにも見える、その手首には自慢のロレックスが嵌《は》まったままだ。

洋介の死体は、複数の熊にでも襲われたように引きちぎられ、辺り一面血の海で何とも凄惨《せいさん》なことになっていた。血と内臓と肉の散乱する中に、辛《かろ》うじて傷ついた顔が判別できるが、なぜか洋介は呆《ほう》けたような、あるいは射精したときのような表情をしていた。

一体どのような凶器が使われたのか、見当も付かなかった。

香澄と美雪は肩を寄せ合って震え、百合子も激しく動揺しながら通報しに小屋を出ていった。

と、その時である。

「百瀬さん！」

いきなり段ボールの陰《かげ》から現れて言い、丈太郎に激しくしがみつくものがあった。

「うわ……」

彼は驚いて声を上げ、とうとう腰を抜かして倒れながら、段ボール箱に寄りかかった。しがみついてきたものからは、濃厚に甘ったるい匂いが漂っていた。

「あ、亜紀……！」

「無事だったのね……」

香澄と美雪が駆け寄って言い、抱き起こしたので丈太郎も必死の思いで身を起こしたのだった。

亜紀は怯《おび》えきって、なおも震えながら丈太郎に縋《すが》り付いてきたが、どこも怪我《けが》はないようで、とにかく彼は安心した。

「こ、ここを出よう。あとは警察に任せるんだ」

丈太郎は注意深く周囲を見回して言い、雨に湿って冷え切った亜紀を抱いたまま、香澄や美雪と小屋を出ると、灯りを消してドアを閉めた。

ペンションに戻ると、やはり百合子の表情は暗く、すぐには警察も来てくれないようだ。すると、すでに風呂から上がったか、真貴子と千恵里がジャージ姿でリビングに身を寄せ合っていた。百合子から、洋介が死んだことを聞かされたのだろう。

「亜紀……！」

千恵里が、入って来た亜紀を見て驚いて言った。

「すぐお風呂に入った方がいいわね」

「ええ、一緒に行きましょう」

百合子が言うと、香澄と美雪も言って立ち、両側から亜紀を支えるようにリビングを出ていった。

「本当に、立美君が……？」

「ああ、見ない方がいいよ。熊に襲われたようにひどい有様で……」

訊かれて答えると、真貴子と千恵里はさらに震え上がった。

丈太郎も、あらためて洋介の死体を思い出した。

残っていたのは首と、手首足首と僅かな臓物だけ。では、腕や太腿《ふともも》、胴体の大部分はどうなったのだろう。

あの散らかった様子から、とても刃物で切り取って持ち出したとは思えないので、やはり熊か何かに食われたとしか思えなかった。

しかし隅に、血の付いていない服が置かれていたから、洋介が自分で脱いだのではないかとも思える。

あるいは、小屋で亜紀に悪戯《いたずら》しようとして脱いだところへ、熊か暴漢が入ってきたのだろうか。

それは、亜紀が風呂から上がるのを待って訊くしかないだろう。

とにかく丈太郎は、亜紀が無傷で本当に良かったと思うのだった。

「しかし、暴漢にしろ熊にしろ、小屋のドアは一つしかなく、施錠されていたのを百合子さんが鍵で開けたんだから……」

「じゃ、密室？」

彼が言うと、真貴子が反応して思わず千恵里と顔を見合わせた。

「いや、密室とはいえあのドアノブはポッチ式で、中からボタンを押して施錠できるタイプだ。出て行ったものが、開けたドアのボタンを押して閉めればロックできるから、熊ということはなさそうだ」

「じゃ、人間の犯行……？」

「その可能性が大だね。まあ亜紀ちゃんが犯人なら、自分で逃げないのは不自然だし、彼女の服に返り血はなかった」

「百瀬君……」

彼の言葉に、真貴子が咎《とが》めるように言った。

「ええ、もちろん可能性を一つ一つ消すための確認であり、最初から僕は亜紀ちゃんの犯行だとは全く考えていない。そしてバラック小屋でも換気用の窓がいくつかあったけど、全て内側からロックされていた」

「さすがよく見ているわね……」

彼の推理に、真貴子が感心して言った。

「もちろん腰を抜かしそうだったけど、一応現場の様子は一通り記憶にある」

丈太郎は言い、お茶を淹《い》れてくれた百合子に紙とボールペンを借りた。

「ここに到着して、昼食を終えてから山歩きに出たのは何時？」

「二時前後だったかしら」

彼が訊くと、真貴子と千恵里が頷《うなず》き合って答えた。

「出たのは、六人一緒？」

「ええ、私と千恵里さん、香澄さんと美雪さんが並んで山道に入って、振り返ると亜紀ちゃんが登ってきて、立美君がエスコートしていたわ」

真貴子が言い、丈太郎はメモを取った。

「それから？」

「三十分ぐらい登って、雨が降りそうだから引き返しましょうかと言ったときには、もう二人の姿は見えなかった。せせらぎが聞こえていたから、川の方にでも行ったのかと思って、やがて四人は戻ってきたわ。それが三時過ぎ」

「では、二人が見えなくなったのを二時半として、その後のことは亜紀ちゃんに訊こうか。ちなみに百合子さんは？」

丈太郎が振ると、百合子が顔を上げた。

「私は、みんなが出ていくのを見送ってから、すぐお夕食の仕度をして、ずっと台所にいたから小屋の方は一度も見なかったわ。もちろん物音も何も」

厨房の窓は、小屋とは反対側である。

「そうですか」

丈太郎は頷き、あの死体の様子で死亡推定時刻が分かるだろうかと思ったが、とにかく二時半から夜にかけてというところか。

と、そこへ三人が風呂から上がってきた。香澄は、寝巻代わりに持ってきたジャージ姿で、亜紀はパジャマ姿、美雪は艶《なま》めかしいネグリジェだがカーディガンを羽織っている。

亜紀も、少しは落ち着いたようだった。

「大変よ、亜紀は一部始終を目撃して、そのあとは私たちが小屋へ行くまで気を失っていたみたい」

香澄が言い、労《いたわ》るように亜紀を座らせ、皆も席に着いた。

「じゃ、辛《つら》いだろうけど順々に話してくれる？　外に出たときのところから」

「ええ……」

丈太郎が訊くと、亜紀も頷いて話しはじめた。

「四人のあとから山道を登っていたけど、すぐ疲れてしまって。ゆっくり歩いていたら、立美さんが何かと手を握ったり肩を支えたりしてきて、嫌で振り切ったんです。それに百瀬さんが急に来られなくなったのも、きっと立美さんが意地悪したんだろうと思っていたし」

「そう……」

「すると、急に立美さんのスマホに着信があったらしく、僕はペンションに戻るから、このまま登り続けていいよ、と言って急いで引き返していきました。でも、もう四人の姿は見えないし、とても登る気になれなくて、風が出てきたので私も戻ることにしました。四人には、あとでラインすれば良いと思って」

亜紀が言う。

とにかく、洋介に唇を奪われたりしていなくて良かったと丈太郎は思った。

「ペンションに戻ると、ちょうど雨が降りはじめて、小屋のドアが開いていていて灯りが点いていました。きっと百合子さんがいるのだろうと思って、それにペンションに入って立美さんと二人きりになるのが嫌だったから、私は小屋を覗いてみました」

話が佳境に入ると、みな身を乗り出して聞き入っていた。

4

「そうすると、中に立美さんがいて、裸で仰向けになっていました。そしてその上に、青いコートの人が跨《また》がって、私は驚いて声も上げられず、思わず段ボールの陰に隠れたんです」

「青いコート……？」

丈太郎は訊き、亜紀も湯上がりの頰《ほお》をほんのり上気させて頷いた。

六人もの女性がリビングに揃い、そのうち五人は湯上がりだが緊張に汗ばみはじめたのか、やはり混じり合った匂いが立ち籠めて悩ましく彼の鼻腔《びこう》を刺激していた。

「跨がっていたって、それは、その、女性が彼とエッチを……？」

丈太郎は訊きながら、全裸で仰向けの洋介に、女上位で跨がるコートの女性の姿を思い浮かべた。

「ええ……、でもフードで顔が見えなくて、誰だろうと思って、私は思わず動画を撮ってしまいました」

「ど、動画があるって……？」

丈太郎が驚いて言い、他の女性たちも色めき立った。

亜紀がスマホを出すと、皆も丈太郎と亜紀の背後に移動してきた。

「小さくて見にくいわ」

「これに接続するといいわ」

百合子が奥からノートパソコンを持ってきた。それをテーブルに置くと、真貴子が手早くスマホを接続してスイッチを入れた。

するとも間もなく画面に、小屋の中の様子が映し出された。画像が揺れているのは、スマホを手にした亜紀が震えているからだろう。

窓の外は明るいので、まだ三時前後だろうか。

確かに全裸の洋介が仰向けになり、上に青いコートの人物が股間に跨がっている様子をほぼ横から撮っている感じである。

「すごいわ、感じているみたい……」

洋介の喘《あえ》ぐ様子に、美雪がか細く囁《ささや》いた。

女上位で繋《つな》がっているから互いの局部が見えず、しかも長いコートが二人の股間を覆い隠しているから、それほど生々しくなく、女性たちも多少は気が楽なのだろう。

ソファに丈太郎と亜紀が並んで座り、その背後から五人が肩越しに画面を覗き込んでいるから、まるで美女たちとホラー映画でも観ているようで、彼は女性たちの混じり合った熱く甘酸っぱい吐息を感じて、こんな最中なのに股間が突っ張ってきてしまった。

女性は、フードをかぶっただぶだぶのコートで、見えているのは手と、脛《すね》から下だけで彼女は素足だった。

女性が腰を遣《つか》うと洋介が顔を仰《の》け反《ぞ》らせて喘ぎ、彼女も覆いかぶさって身を重ねていった。

そして果てたか、彼が仰け反って痙攣《けいれん》を起こし始めた瞬間、女性が彼の首筋に歯を立てて血がしぶいた。最初は愛撫《あいぶ》かと思ったのだが、獣のような女性の息遣いと噴き出す血に、洋介は恍惚《こうこつ》か痛みか判然としないままヒクヒクと痙攣を続けていた。

「キャッ……！」

見ていた女性たちが思わず声を洩《も》らし、亜紀は最初から両耳を塞いで目を閉じていた。

そして画面が揺れ、段ボールの一部が映されただけで、どうやら亜紀は気を失ってしまったようだ。それでも音声は聞こえ、洋介の呻《うめ》きと、何かをする音や咀嚼《そしゃく》音が聞こえ、間もなく彼の呻きも聞こえなくなった。

洋介の死体の呆けた表情は、やはり射精直後だったようだ。

「気持ち悪いわ……」

咀嚼音だけが静止画像から流れ、それが延々と続くと女性たちは自分の席に戻った。

丈太郎は最後まで見て、いや、聞いていたが途中で動画が切れた。

どうやら、あとはコートの犯人が洋介の肉を食い散らかして満足してから、灯りを消しドアのボタンを押して小屋を出ていったのだろう。

そして夜遅くに一行が小屋に入ったとき、亜紀は気づいて丈太郎に縋り付いてきたのである。

真貴子が接続を離し、スマホを亜紀に返しながら百合子に訊いた。

「この土地に、人を食う妖怪の伝説とかあるんですか?」

「い、いえ、私は他県から越してきて、ここも建ててまだ二年なんです」

百合子が声を震わせて答え、もう茶を淹れる気力もないようにうなだれた。

すると妖怪好きの美雪が、目をキラキラさせた。

「小屋の施錠は?」

丈太郎が百合子に訊いた。

「昼間は、何かと出入りすることがあるので掛けていません」

「そう、ならば誰でも入ることが出来るんだ……。とにかく、警察が来るまで現場はあのままにしよう。明日の分の食材は?」

「ここにある分で何とかします。あそこから持って来たものは食べたくないでしようし、もう行きたくないですから」

百合子が答えた。確かに、ここにある分で作っても、皆あまり食欲は湧《わ》かないだろう。

「とにかく、動物などが犯人ではないというのは分かったので、僕は寝ずにここにいますから、みんなは休んで下さい」

「大丈夫?」

「ええ、昼間ゆっくりフテ寝していたので」

真貴子に言われ、丈太郎は答えた。

「じゃ僕は風呂に入ってくるので、出るまでみんなここにいて下さいね」

丈太郎は言い、リュックの着替えを持って一人でバスルームに行った。

服を脱いで広いバスルームに入ると、まだ彼女たちの混じり合った体臭が濃厚に甘ったるく立ち籠めていた。

(うわ……)

彼は激しく勃起してしまったが、ここでオナニーする気にはなれなかった。

絶頂とともに食い殺された洋介の表情が浮かぶせいもあるが、ここで抜くと、何やら推理力が衰《おとろ》えるような気がしたのである。

（怪しいのは百合子さんだが……）

湯を浴び、バスタブに浸かりながら丈太郎は思った。

外部説も有力だが、この山中で、しかも台風と紛《まが》うばかりの風雨である。それに青いコートの女性の足は、泥で汚れていなかったのだ。

もっとも画面から見えないところに、彼女の長靴でも置かれていたのかも知れない。

しかし百合子も動画に驚いていたし、丈太郎が来たときから彼女の様子におかしなところはなかった。それに百合子の顔も手も足も、見る限り血痕などはなかったはずだ。

どこかに隠してある青いコートでも見つけることが出来れば良いが、そう歩き回るわけにもいかないだろう。

やがて彼は手早く身体を流し、風呂を出た。脱衣所で髪と体を拭き、持ってきたジャージに着替えた。

髪を拭くと、前髪に覆われた額に、三つの小さなホクロが見えた。よく見ないと目立たないものだが、正三角形に並んだホクロは幼い頃から、彼の頭脳の源のように思っていた。

そして脱衣所を出てリビングに戻ると、

「では私もお風呂に入りますね」

百合子が言った。

「あ、出来ればその前に、ペンションの中を案内してほしいんですが」

「はい、構いません」

彼女が答えると、他の女性たちも一斉に立ち上がった。

まず階下を見て回る。すでに玄関も勝手口も施錠されていた。リビング兼食堂と風呂場は良いとして、あとはトイレと厨房、納戸《なんど》から百合子の私室まで見せてもらった。

そこは六畳ほどの洋間で、ベッドと作り付けのクローゼット。施錠された窓にはカーテンが閉まっている。

雨風はまだ止《や》まず、ますますひどくなって、たまに突風でペンション全体が揺れた。

誰かが潜んでいないかの確認のため、百合子はクローゼットを開けてくれた。他にもベッドの下など隅々まで確認したが、むろん青いコートなどは見当たらなかった。

そして階下を全てチェックすると、全員で二階に上がった。洗面台とトイレを確認し、五つの客間を見て回った。各部屋は同じ大きさで、ベッドが二つずつある。

二階も異常がないので、そのまま女性たちは休むことにしたようだ。

一人では恐いらしく、亜紀と千恵里、香澄と美雪がそれぞれ一緒に寝ることにし、真貴子は一人で部屋に入ることになった。

本来なら、洋介もこの中の一部屋に入り、あわよくば誰かを連れ込んで懇《ねんご》ろになろうとしていたのだろう。

5

「じゃ明日。もし何かあればすぐ声を掛けて」

「ええ、でも一階の百瀬君も気をつけて」

言うと真貴子が答え、皆も各部屋に入った。

二階には外への出入り口はなく、階段だけが唯一の通路だし、全ての窓は施錠されている。何者かが侵入するなら一階からであろう。

やがて丈太郎は、百合子と一緒に階段を下りた。

「お夜食でも作りますか？」

「いえ、大丈夫です」

「ではお風呂に入ってきますね」

百合子がバスルームに向かっていくと、彼は一人リビングのソファに座り、スマホを出した。特に誰からの連絡も無かったが、彼が亜紀に出したラインが既読になっていた。

（そうだ。奴のスマホを見れば、誰から連絡があったか分かるな……）

丈太郎は思った。亜紀の話では、その連絡で洋介は山を下りてペンションに戻ったのだ。

恐らく小屋にある脱いだ服の中に、彼のスマホがあるだろう。

だが、見に行く勇気はないし、あとは警察の仕事である。

しかし土砂崩れで道路が塞がれている以上、それを取り除くのは風雨が止んでしばらく経ってからになるに違いない。

町へ続く一本道だから、今は車も通れないだろう。

（車か……、誰かが潜めるとしたら……）

ふと思い、丈太郎はペンションの前に停まっていた百合子の車を思い出した。ごく普通の乗用車だが、そこなら雨風はしのげるだろう。と、そこへ風呂から百合子が出て来た。やはり皆が心配らしく、長湯はしなかったようだ。

それでも洗い髪が色っぽく、パジャマにカーディガン姿だった。胸の膨らみで巨乳だと分かるし、ノーブラかも知れないがカーディガンで乳首のポッチリまでは窺《うかが》えなかった。

こんな最中なのに、今まで女性と接したことのない丈太郎は、何を見ても股間がすぐ疼《うず》いてしまうのだった。

「済みません、こんな格好で」

「いいえ、どうぞ休んで下さいね」

「ええ、男性がいると心強いです」

百合子は言い、またお茶を淹れてくれようとしたが、

「アルコールの方がよろしいかしら。出来れば私も少し」

彼女が言った。丈太郎もあまり強くないし、年中飲む習慣はないが、やはり今夜は少し飲みたかった。

「ええ、では眠くならない程度に」

「ウイスキーの水割りでよろしい？」

「はい、有難《ありがと》うございます」

彼が言うと、百合子は氷を用意して手早く水割りを二つ作り、差し向かいに座ってきた。

「ずっと、ここにお一人で？」

丈太郎は一口飲んで、喉《のど》を潤《うるお》して訊いた。

「いえ、ここに来るのは予約が入ったときだけで、普段は町のマンションに娘と暮らしております」

「そうですか」

旦那は話に出てこないので、彼もあまり深くは訊かなかった。

「明日の朝、道路がどんな具合か見に行ってきます」

百合子もちびちび飲みながら言う。

「ええ、本当に、こんなことになってしまいお気の毒です」

「いいえ、皆様こそ、大事な仲間を失ってしまい大変と思います」

百合子が、白く綺麗な歯並びを見せて答える。

特に犬歯《けんし》は発達していないので、ごく普通のこの歯で人の肌は食い破れないだろうと彼は思った。それに大の大人の大部分を喰《く》ったにしては、彼女の腹もすっきりしている。

百合子を疑っているわけではないが、サークルの誰かが犯人とは思えないし、この嵐で外部の者という線も薄いので、どうしても初対面の彼女ばかりが気になってしまうのだった。

まあ洋介を大事な仲間と思ったことは一度も無いし、未《いま》だに彼の死に関する悲しみは片鱗《へんりん》だになかった。

すると、そこへ真貴子が静かに下りてきた。

「私も飲みたいです」

言うと、百合子がすぐに立って用意した。

「あの四人は、眠ったようですか？」

「ええ、しばらく二部屋でお喋りしていたけど、さすがに疲れたようで、もう寝たみたいです」

真貴子が答える。確かに、もう零時をゆうに回っているのだ。

やがて真貴子は、軽くグラスを差し上げてから一口飲んだ。献杯ということなのだろうが、少なくとも真貴子を含め女性たち全員、ショックではあるが、特に洋介の死を悼《いた》んでいる様子はなかった。

そうなると、急に彼は洋介が哀《あわ》れに思えてきた。

皆、軽くて面白い洋介をちやほやしているように見えたが、あるいはみな話を合わせていただけなのかも知れない。

最初は、洋介による作り物のドッキリかとも思ったのだが、亜紀の撮った動画があるから本当に起きた殺人である。

動画を撮った様子など、これから亜紀は刑事にいろいろ訊かれて大変だろうと思った。

「予報では、明日もひどい天気らしいわ」

真貴子がスマホを見て言う。

「とにかく、道路が塞がれている以上、すぐに東京へ戻れませんね。長くお世話になるのは申し訳ないけれど」

「ええ、とにかく食料は何日分もありますので……」

丈太郎の言葉に百合子は答えたが、あの小屋へ取りに行くことを思って声を沈ませた。

するとその時、いきなり部屋の灯りが消えた。

「て、停電だわ……」

百合子が言い、急いで立つと手探りで懐中電灯を取って点けた。

「すぐ収まるといいけど……」

「どうせ起きていても仕方ないので、私は部屋へ戻るわ」

真貴子がグラスを飲み干して言うので、丈太郎は懐中電灯を持って、一緒に二階まで送った。

真貴子が部屋に入ると、彼はそのまま懐中電灯を持って引き返した。

彼女たちの二部屋も静かなので、深く眠っていることだろう。

リビングに戻ると、百合子がキャンドルを点けていた。

「有難うございます。じゃどうか休んで下さい」

「ええ、じゃ明日もあるので、そうさせてもらいます。これはご自由に」

言うと百合子が立ち、ボトルと氷、水などを彼の方に差し出し、空《から》のグラスを持って流しに置くと、そのまま自室に入っていった。

丈太郎は、妖しく炎の揺らめく中、水割りを飲み干すと、氷と水だけ足して唇を湿した。

聞こえるのは、風と雨音だけである。

今ごろ、二階では真貴子と、亜紀たち四人が寝ているのだ。百合子も明日に備えて、もう眠ってしまったかも知れない。

同じ屋根の下に、美女が六人もいるというのに、何も良い事がないのだ。

いや、こうして一緒に過ごしているだけで、丈太郎にとっては生まれて初めての良いことなのだが、

(そんなことだからお前はいつまでも童貞なんだよ)

と洋介が言っているような気がした。

亜紀でも、寝付けずに下りてこないものだろうか。

そうしたら、怖がっている彼女を抱いてやり、ファーストキスぐらい奪っても罰は当たらないだろう。

(待っているだけで自分から何もしないから、お前はダメなんだよ)

また洋介に言われた気がした。

しかし、亜紀の部屋には千恵里もいるのだから、忍び込むわけにいかない。

ましてあのような惨劇があったのだから、まず彼女たちも色っぽい展開なんか求めないだろう。

（吊《つ》り橋《ばし》効果だよ。こんなときこそ女は心細くて男を求めるもんだ）

洋介ならそう言うだろうが、やはり丈太郎は何も出来なかった。

欲望は満々なのに、そして脱衣所の洗濯機には彼女たちの下着もあるだろうにそれを嗅《か》いでオナニーする勇気すら出てこないのである。

さすがに一人だと眠気に襲われ、彼は何度か水を飲んだが、こんな嵐の晩に、誰かが近づく物音など聞き分けられるはずもない。

そして何度かウツラウツラするたび、スマホを見てネット情報などを確認してみたが、このまま明日も停電が続くとなると、充電できないのであまり点けない方が良いかも知れない。

真貴子でも来てくれないだろうか。そういえば真貴子は部屋に一人なので心細いだろう。そっと忍んでいったら初体験の手ほどきでもしてくれるかも知れない。

しかし、丈太郎は妄想ばかりで行動には起こせない性格で、しかも淫気《いんき》よりも睡魔の方が襲ってきた。

やがて彼はとうとう座ったまま眠り込んでしまい、いつしかソファに横になってしまったのだった。

どれぐらい眠ったのだろうか。

次に目を覚ましたのは、誰かの激しい悲鳴を聞いたときだ。

「キャーッ……！　誰か来て……！」

驚いた丈太郎が身を起こすと、彼の身体には毛布が掛けられていた。

窓の外はまだ風雨が続いていたが、空は薄明るくなっているので五時半過ぎぐらいだろう。

とにかく彼は起き上がり、声のした方へと急ぎ足で向かったのだった。

第二章　繰り返される惨劇

1

「どうした……！」

丈太郎がリビングを出て、声のした方を探すと、厨房《ちゅうぼう》の脇にある勝手口のドアが開き、そこに香澄と美雪が立ちすくんでいた。

勝手口は、小屋とは反対側の外に出られ、そこは洗濯物を干すようなテラスになっている。

屋根があるとはいえ、横殴《よこなぐ》りの風雨にテラスは雨に濡《ぬ》れ、冷たい風が吹き抜けていた。

「ま、真貴子先生が……」

香澄が口を押さえて言い、美雪と一緒に中に飛び込んできた。

入れ替わりに丈太郎が外へ出てみると、そのテラスに肉塊が散乱していた。

雨でだいぶ血は洗い流されているが、傍《かたわ》らには引き裂かれて濡れた衣服が丸まり、それは見覚えのある真貴子のジャージだった。

肉塊はやはり手首足首が残され、鮮やかな赤色をした臓物《ぞうもつ》が湯気でも立てんばかりに生々しく散らばっている。

転がっている首は、確かに真貴子の面影《おもかげ》があったが、反面はえぐれて赤い肉と、細かな血管が剝《む》き出しになっていた。

それでも風があるので、さして異臭は漂っていなかった。

「真貴子先生……」

丈太郎は、憧れていた年上の美女の死に呆然《ぼうぜん》となった。そして頭の隅に浮かんだのは、こんなことになるのなら、昨夜強引《ごういん》にでも部屋へ忍んでしまえば良かったということだった。

惨劇を前にしても、丈太郎はふとそんなことを思ってしまったのだ。

その美女も、今は乳房や性器さえ見当たらないほど食い散らかされ、横殴りの雨に打たれ静かに濡れていた。

とにかく勝手口のドアを閉め、香澄と美雪を促してリビングへ戻った。

どちらにしろ警察が来るまで、そのままにしておく他ないだろう。

その騒《さわ》ぎに、千恵里と亜紀も二階から下りてきた。

「何があったの……」

驚いて言う二人に、気丈な香澄が訥々《とつとつ》と説明した。

しかし丈太郎はリビングを出て、奥の百合子の部屋へ行ってみた。

ノックしても応答がなく、ドアを開けてみると中には誰もいなかった。

仕方なく丈太郎はバスルームやトイレ、納戸《なんど》まで見回して百合子がいないことを知ると、リビングに取って返し、窓から外を見て二台の車が停まっていることを確認した。

（じゃ、まだペンションのどこかにいるのかな……）

丈太郎は思い、ソファに座った。

「灯《つ》りが点かないわ。百合子さんは？」

「いないんだ……、ということは……」

「何それ、まさか青いコートの正体は百合子さんだというの……？」

香澄が言い、とにかく五人は、テーブルを囲むようにソファに座った。

まだ停電したままである。

「食欲はないだろうけど、コーヒーでも淹《い》れようか」

丈太郎がキャンドルに火を点けて言うと、真貴子の死体を見ていない千恵里と亜紀が湯を沸かし、カップを用意してくれた。

夜が明けたようだが、空は鉛《なまり》色の雨雲が厚く覆っている。

「寒いわ。上着を取ってくる……」

美雪が言うと、香澄も一緒に二階へ行き、四人分のセーターやコートを持って戻ってきた。

晩秋で、ただでさえ風雨が激しいので北関東の山中は冷えるが、真冬よりはましだろう。

リビングの隅に石油ストーブがあったので丈太郎は、充分に灯油が入っていることを確認して火を点けた。

やがて亜紀が五人分のコーヒーをテーブルに置いて、再び全員が車座に座った。

「ゆうべは、四人とも部屋ですぐ眠ったんだね」

丈太郎が、熱いコーヒーをすすって皆に訊《き》くと、四人も顔を見合わせて、千恵里が代表するように答えた。

「ええ、少しお話ししていたけど、疲れて眠ったわ」

彼女が言うと、他の三人もそうだという風に頷《うなず》く。

「百瀬君は？」

「僕は、百合子さんが風呂から上がってきたので、ここで一緒にウイスキーを飲んでいた。すると真貴子先生も下りてきて、三人で一杯だけ飲んだら停電になったので、二人はそれぞれ部屋に入ったんだ」

「そう……」

「僕は、寝ずの番をしようと思ったけど、聞こえるのは雨風の音だけだし、とうとうここで横になってしまって」

丈太郎は、眠ってしまったことを悔やみながら言った。

そこへ百合子が来て寝ている丈太郎に毛布を掛けてから、真貴子を呼んで惨劇に及んだのだろうか。

「朝の様子は？」

彼が訊くと、今度は美雪が答えた。

「目が覚めたので、二階でトイレを済ませてから香澄と一緒に下りてきたら、勝手口が開いて風に揺られていたから、見たら外に……」

真貴子の惨殺死体を思い出したように、美雪が眉をひそめて声を詰まらせた。

「本当に、真貴子先生が……？」

「ああ、見ない方がいいよ」

千恵里に答えると、二人は亜紀と一緒に悲しげに俯《うつむ》いた。泣くというよりも、立て続けに起こる惨劇で恐怖に包まれ、どうして良いか分からず誰もが思考停止に陥っているようだった。

「それで、犯人は百合子さん……？」

「その可能性が大かも知れないんだけど」

「じゃまだどこかに隠れているって事？」

「あとで小屋や車を見てくるけど、この五人で固まっていた方がいいね」

彼が言うと、彼女たちは不安げに周りを見回してから、それぞれ隣にいる子に身を寄せた。

「とにかく、警察が来るまで出られないし、まだ風雨も止《や》まないようだから、少しでも食事した方がいいよ」

「ええ……」

「僕は、警察に通報してくる」

丈太郎はコーヒーを飲み干して立ち、百合子の部屋にある固定電話をかけに行った。

しかし、何度試しても繫《つな》がらなかった。

（電話線が、切られている……？）

彼は思い、空《むな》しく受話器を架台に戻した。もし百合子が犯人なら、昨夜の通報もしていないのかも知れない。実際、誰も彼女が電話しているところを見ていないのである。

「電話が通じないんだ。誰か、携帯で通報してみて」

リビングに戻って言うと、四人がみな自分のスマホを出して操作したが、

「繫がらないわ……」

「電池も残り少ない……」

不安げに言い、誰も通じなかったようだ。

手回し式の充電器でもあれば良いのだが、恐らく探してみても見つかりそうにない。

「何か口に入れましょうか。寒いですし」

丈太郎と同じ三年生、女子たちの中では最年長の千恵里が言って立ち、厨房に行った。

彼も一緒に冷蔵庫の中を見ると、鍋に百合子の作ったシチューが入れられていた。

「これは、よしましょう……」

千恵里が言い、丈太郎も頷いた。

大丈夫だとは思うが、百合子が犯人で、洋介の肉でも入っていたら堪《たま》ったものではない。

「野菜だけで、私がスープを作るわ。インスタントものもあるけど、手作りの方が良いでしょう」

「ああ、じゃお願い」

丈太郎が答えると、亜紀も来て野菜を刻むのを手伝った。

ガスと水道は通常通りだが、千恵里は全てペットボトルの水を使った。

「私たちもお手伝いするわ」

香澄と美雪も来た。やはり何かしていた方が気が紛《まぎ》れるのだろう。まして昨夜は洋介の惨劇を見て夕食も取っていないのである。

彼女たち四人が厨房に集まっているので、その間に丈太郎は、もう一度ペンションの中を全て見て回ることにした。

二階に行き、トイレを確認し、各部屋を覗《のぞ》いてみた。

階段を上がって手前の二部屋は、彼女たちが二人ずつ使っていたもので、室内にはバッグや着替え、乱れたベッドとともに生ぬるく甘ったるい匂《にお》いが濃く立ち籠《こ》めていた。

使用済みの下着などあれば嗅《か》いでしまうのだが、バッグの中まで探るのは気が引けた。やはり欲望より、気弱な部分の方が大きいのである。

彼は部屋に残る彼女たちの匂いに思わず股間を熱くさせてしまい、次に真貴子の使っていた部屋を覗いた。ここも着替えとバッグ、ポーチに入った化粧道具などが置かれ、やはり甘い匂いが籠もっていた。もうこの世にいない、真貴子が生きていた頃の体臭である。

次の部屋に入ると、洋介のバッグが置かれたままで、当然ながらベッドは使用されていない。残る一部屋は誰も入った形跡はなかった。

全ての窓は施錠され、カーテンが閉められていた。

確認を終えると、丈太郎は階下へ降り、もう一度バスルームとトイレ、納戸を見て回り、百合子の部屋も全て調べた。

もう隠れるところはどこにも無いはずだ。そして手動式の充電器も見当たらな

かった。あとは小屋と二台の車の確認だが、それはもう少し雨脚が弱まってから
で良いだろう。
　丈太郎は玄関と勝手口、全ての窓の施錠を確認してからリビングに戻った。

2

「少し落ち着いたわね……」

　食事と洗い物を済ませると、千恵里が言った。

　そしてリビングで車座になり、今度は紅茶を淹れた。

「でも、本当に百瀬君が来てくれて良かった。私たちだけでは、どうにもならな
いもの……」

「いや、僕もまさかこんなことになるとは……」

　丈太郎は答え、多少は血色を取り戻した面々を見回した。

　しかしみな沈んでいるのは、大好きだった真貴子の死が重くのしかかっている
からだろう。

　洋介の死だけなら彼女たちも何ということもなさそうだったから、丈太郎はま

た彼に同情してしまった。

まあ、そんなお人好《ひとよ》しだから彼女も出来ないのだと、洋介ならば言うかも知れない。

「ペットボトルの水がなくなったわ。あまり水道水は使いたくないのだけれど」

千恵里が言うと、亜紀が顔を上げた。

「小屋に、ペットボトルの段ボールがありました……」

「そう、ならば休憩したら僕が行って取ってくるよ」

丈太郎は答えた。他にも、クッキーなどの携帯食料の段ボール箱もあったように記憶している。

そして彼はスマホを出してみたが、とうとう電池切れとなっていた。昨夜一人であれこれ検索したからだろう。まして急な呼び出しで、ろくに充電しないまま出てきたのだ。

四人のスマホも、もう風前《ふうぜん》の灯《ともしび》のようだった。

「青いコートで、青頭巾《あおずきん》の話を思い出したわ……」

と、神秘学と妖怪の好きな美雪が口を開いた。

「ああ、でもあれは溺愛《できあい》していた稚児《ちご》が死んだので、愛《め》でているうち喰《く》っちまった坊さんの話だろう」

丈太郎も、『雨月物語《うげつ》』の一編にあるその話は知っていた。怪奇譚《かいきたん》の中でも特に有名で、愛や執着という業《ごう》の物語である。

「でも、そのあとで鬼になったわ」

「一度食べて味を覚えたの？　百合子さんも……」

「よしましょう」

千恵里が言い、また一同は口を閉ざした。

「とにかく、電気が通じるのを待つしかないね。水と食料は充分にあるし、あとは警察が」

丈太郎は言い淀《よど》んだ。どうも、百合子は通報していない可能性が大なのだ。

「じゃ、雨脚も弱まりそうにないので、僕は小屋に行ってくる」

「みんなで行きましょう」

「いや、もう小屋に入りたくないだろうから僕だけでいい」

「じゃせめて私だけでも」

香澄が言った。スポーツウーマンで、力も度胸もありそうだし筋肉質の体も逞《たくま》しく、段ボールを運び込むには良いかも知れない。

「じゃ、二人で行こう。みんなはここに固まっていて。トイレへ行くなら、誰かを廊下に待たすんだ」

丈太郎が言うと、また残りの三人は不安げに身を寄せ合った。

「大丈夫だよ。建物の中は全て調べたんだから」

丈太郎が言って立ち、香澄と一緒にリビングを出た。

玄関を開けると、雨は降り続いているが、多少風は止みはじめている。

しかし重く垂れ込めた雲は、一向に流れる様子を見せていなかった。

二人は玄関にあった傘を出し、千恵里が見送りに来た。

「すぐ戻るけど、ちゃんとドアをロックして」

「分かったわ」

「リビングの窓から小屋が見えるだろうから、僕らが戻ったら開けて」

言い置き、傘を差して香澄と一緒に玄関を出ると、すぐに千恵里がドアを閉めて内側から施錠した。

「先に周囲を見てくる」

丈太郎は言い、ペンションの周りを急いで回ってみた。

建物の左右は特に異常もなく、草むらが続いているだけだ。裏側へ回ると、まだ真貴子の惨殺死体が見えた。

「何も異常はない。次は車だ」

「百瀬さん、恐くないの?」

ふと香澄が言い、見るとじっと彼の目を見つめていた。

「恐いけど、男は僕だけだからね」

「すごい頼りになるわ。今までは悪いけど、そんな風に思ったことなかったのだけど」

香澄が言い、彼は熱い眼差《まなざ》しと言葉に胸がときめいてしまった。

とにかく、丈太郎は香澄と二人で二台の車の中を覗き込んだ。

レンタカーのワゴンも、百合子の乗用車の中にも人はいなかった。

やがて二人は小屋に向かい、その様子を三人がリビングの窓から見ていた。

「あ、鍵はどこだ。百合子さんの部屋だろうか……」

ふと思い出して丈太郎は言った。昨日、小屋を出たとき内側のボタンを押して閉めたのである。

しかし小屋の入り口に行ってみると、ドアノブにキイが刺さったままになっているではないか。

「え？　まさか百合子さんが開けて入ったのか……？」

彼は思い、白い息を弾《はず》ませて立ちすくんでいる香澄の前でノブに手をかけ、恐る恐る開けてみた。

生臭い匂いを嗅がないよう息を止めて、無意識に壁際にあるスイッチを入れたが、やはり点かない。

そして彼は、なるべく洋介の死体を見ないように脇にそれ、口呼吸しながら置かれている彼の服を見た。スマホを探してみたが見当たらない。

諦めて、彼はペットボトルと携帯食料の段ボールを見つけると、まずは食料の軽い方を手にして入り口にいる香澄に渡した。

さらに奥へ進み、ペットボトルの段ボールがあったので手を伸ばすと、すぐ先の床に白いものが横たわっていた。

見覚えのあるパジャマとカーディガン、そして乱れた黒髪と白い肌。皮膚《ひふ》の裂けた部分から黄色い脂肪と赤い肉が覗き、臓物も散らばっているではないか。

洋介の死体の近くではない。これは別の死体だった。

「ゆ、百合子さん……」

丈太郎は声を震わせ、段ボールにしがみついたままよろけそうになった。

魅惑的だった巨乳も、今は無残に影も形もない。

「どうしたの……」

入り口から、香澄が恐々と声を掛けてきた。

「来るんじゃない」

丈太郎は言い、抜けそうな腰に力を入れて後ずさりしながら入り口を出ると、足でドアを閉め、抱えていた段ボールを膝で支えながら施錠した。

キイも外してポケットに入れ、畳《たた》んだ傘は脇に挟んだ。

香澄は何が起きたのか分からず、軽々と段ボールを小脇に抱えて傘を差して待っていた。

そして香澄を促して、小走りに玄関へと戻る。

窓から見ていたらしく、すぐにも千恵里がドアを開けてくれた。先に香澄が傘を畳んで入り、続いて丈太郎も入った。

そこに段ボール箱を置き、ドアを閉めてロックする。

千恵里が段ボールをキッチンまで運んでくれ、香澄も箱を置いてリビングに戻ると再び五人が揃《そろ》った。

「ご苦労様。何かあったの？」

千恵里が、青ざめている丈太郎に訊いた。

「こ、小屋で、百合子さんが殺されていた……」

「ええーっ……！」

彼の言葉に、一同が声を上げた。

「そ、それって……」

「ああ……、百合子さんは犯人じゃなかった……」

「じゃ、犯人は別の誰か？　私たちの知らない……」

「そういうことになるな」

丈太郎が答えると、四人は震え上がった。

「でも、周りに潜むような場所はないし、このペンションは完全に施錠してあるから、誰も入ってこられないよ」

相手が妖怪で、壁をすり抜けられれば別だが、と思ったが、言えば彼女たちがさらに怯《おび》えるので黙っていた。

丈太郎も百合子の死にはショックを受けたが、もう三人目なので免疫が出来たのか、あるいは感覚が麻痺《まひ》してきたのかも知れない。

もっとも洋介の時は思わず吐きそうになるほどの衝撃だったが、真貴子と百合子は美女なので、何やら妖《あや》しい気分になってしまったのである。

何しろ無垢《むく》で、まだ女性器すら見たことがないのに、美女たちの内臓まで見てしまったのだ。

性器も内臓も、どちらも普段は見えない非日常だから、似た興奮が湧《わ》くのだろうか。丈太郎は自分の性欲が、かなり屈折しているのではないかと思った。

3

「ここの土地って、青鬼伝説があるのよ……」

美雪が、ぽつりと丈太郎に言った。

二人きりなのに声を潜めているのは、やはり他の子たちに聞かせるのは良くないと思ったのだろう。

あの三人は、気分直しに風呂に入っている。

丈太郎一人残すのも、と気遣って美雪だけが残ってくれたのだ。

「青鬼……?」

「ええ、それで、私はこの一泊旅行に興味を持って参加したのだけど」

ボブカットの不思議ちゃんが、得意な妖怪の知識を披露する。

鬼とは、隠《オン》、見えないものという意味が含まれているらしい。赤鬼も青鬼も、大した区別はないようで、昔話では良い鬼も悪い鬼もいるし、中には愛嬌《あいきょう》があったり、本当に恐ろしげなものなど様々である。

「ここは東京から見て、北東の方角だわ」

「うん、丑寅《うしとら》の鬼門か」

牛の角に虎の褌《ふんどし》で、北東が鬼の棲《す》む鬼門といわれる。

「しかも青頭巾の話は、ここ下野《しもつけ》（栃木県）が舞台です。雨月物語によると、鬼に変じるのはほとんどが女で、青頭巾のように男がなるのは稀《まれ》な話らしいです」

「じゃ、犯人は女の可能性が高いんだね」

「はい。青いコートで立美さんを犯した様子でも、女でしょうね」

「でも、もし本当の鬼だったら……」

「ええ、姿は見えないし、ドアをロックしても防げませんね。それに、鬼の力で崖崩れを起こすなど簡単かも」

美雪は、鬼や妖怪が実在することを信じて疑わないように言った。

そして丈太郎も、あまりにタイミングのよい崖崩れを思い出していた。

「まだ、被害者が出ると思う？」

「わかりません……」

「何としても、残りは全員無事でいないと。……それにしても、鬼の存在を心から信じてるわけじゃないんだけど、食い方が雑だと思わないか。まだ食える部分がいっぱい残っているのに」

丈太郎は、美雪なら大丈夫だろうと思い、ためらいつつも言った。

「鬼が食べるのは心の臓を中心とした、その周辺と聞いています。あとは柔らかな二の腕や太腿《ふともも》」

「そ、そうなのか……」

美雪が無表情に言い、彼女の知識に驚くとともに、何やら彼まで本当に鬼が犯人のような気がしてきた。

「本当に君は、犯人が鬼だと確信しているの？」

「そう願っています。幼い頃から、本物の妖怪に会ってみたいと思っていましたから」

訊くと、美雪がつぶらな瞳をキラキラさせながら答えた。

昨日の入浴後から、彼女たちはみな化粧もせずスッピンのままである。もちろん丈太郎などを相手に綺麗《きれい》にする必要はないというわけではなく、そんな気にならないだけだろう。

それでも美雪の唇は、ツヤツヤと赤い光沢を放っていた。並んで座っているので、触れ合った肩から温もりとともに、甘ったるい匂いが漂ってきた。

もちろん丈太郎は、真貴子も亜紀も好きだが、美雪でも香澄でも千恵里でも、美女揃いのメンバーの誰もに欲情し、実際今までも面々の面影で妄想オナニーのお世話になっていたのである。

そして他の女性と違い、風変わりな美雪なら、正直にお願いしたら何でもしてくれそうな気がして、今までもそんな妄想オナニーに耽《ふけ》っていたのだ。

「鬼に会えるなら、食べられても構いません……」

頬を紅潮《こうちょう》させた美雪が、熱い喘《あえ》ぎ声を洩《も》らしながら言った。何やら、喰われた三人を羨《うらや》んでいるかのようだ。

「次は、どうか私を……」

美雪が、とうとう横から激しく丈太郎に縋《すが》り付いてきた。

熱く呼吸が弾み、甘酸っぱい吐息が彼の鼻腔《びこう》をくすぐった。これは明らかに性的興奮ではないだろうか。

「お、おいおい、僕は鬼じゃないよ……」

たじろぎながら言ったが、あまりに顔が近いので、とうとう丈太郎は美雪にそっと唇を重ねてしまった。

柔らかな感触と唾液の湿り気が感じられ、きめ細かな頬が間近に迫った。

図《はか》らずも、これが丈太郎のファーストキスとなったのである。

「ンン……」

美雪は熱く鼻を鳴らし、グイグイと押し付けながら両手でしがみついてきた。

丈太郎は興奮と感激に包まれながら、果実臭の吐息で鼻腔を熱く湿らせ、うっとりと酔いしれた。

もちろん股間は痛いほど突っ張り、さらに彼女の舌が侵入してきた。

オズオズと歯を開くと、長い舌が潜り込んでチロチロとからみつき、丈太郎は生温かな唾液のヌメリと滑《なめ》らかな舌触りに、思わず射精しそうなほど高まってしまった。

恐怖のあまり気を紛らせるように男を求めはじめたか、あるいは自分の好きな妖しい世界に入れたことが嬉《うれ》しいのか、とにかく美雪の勢いは激しかった。

執拗《しつよう》に舌をからめながら、彼女は丈太郎の手を握り、自分の胸へ導いて押し付けた。

彼も、ジャージ越しに感じる、柔らかで意外に豊かな膨《ふく》らみを揉《も》みしだき、独特の雰囲気を持つ美雪の吐息と唾液に酔いしれた。

（とうとう初体験を……）

丈太郎は胸を熱くさせて思った。

しかし、バスルームの方から物音が聞こえてくると、美雪は唇を離し、急いで離れた席へと移動してしまったのだった。

洗濯物を手洗いする音が聞こえてきたので、三人は湯から上がり、昨日の洗濯物を洗いはじめたらしい。

そして間もなく、三人はジャージ姿で戻ってきた。

「お風呂で話し合ったんだけど」

千恵里が言い、他の二人は全員分のお茶を用意した。

丈太郎は、顔が赤くなっていないか気にしながら平静を装い、懸命に勃起を鎮《しず》めにかかった。

「なにを？」

美雪の方は、何事も無かったように訊いている。やはり可憐《かれん》に見えても、女の方がずっと強《したた》かで演技も上手いのだろう。

「寝るときは、全員で二階に籠もりましょう」

千恵里が言うと、彼も頷いた。

「うん、それがいいかも知れない。一階は出入り口や窓が多いからね。それに灯油も節約したいし」

「ええ、じゃ早めの夕食を終えて二階に」

千恵里が答える。洗濯物は、どうせ雨で干せないので部屋干しするようだ。

やがて茶を飲むと、四人は分担して夕食の仕度《したく》をしてくれた。百合子が作っておいてくれたシチューはもったいないが捨て、卵と野菜を中心にした料理を作って飯を炊いた。

やはり誰もが、肉は口にしたくないようである。

風は収まったが、雨は一向に止まず、停電も直らなかった。

丈太郎は蠟燭《ろうそく》を探してキャンドルを補充し、日が落ちると灯りはキャンドルと石油ストーブだけとなった。

通報がどうなっているか分からないし、雨が止まない限り道の様子も見に行けないので、次第に話題もなくなって誰もが言葉少なになった。

食事と洗い物を済ませると、洗った洗濯物を室内に干し、ストーブを消した。

「じゃ、二階に上がりましょうか」

千恵里が言い、香澄と美雪も全員分の水と菓子などを二階に運んだ。

三人が二階へと行き、亜紀が続き、灯りを消した丈太郎も最後に階段を上がっていった。

丈太郎は、まだ美雪とのキスの余韻《よいん》に心身がぼうっとしたままだ。

この分では、もう堪《たま》らず今夜一人の部屋で抜いてしまうだろうと思った。

先に上がった三人が部屋に入ると、後ろに彼を残したまま亜紀がいきなり、階段の上にある引き戸をガラガラと閉めたのである。さらに、鈎型《かぎがた》のロックをカチリと嵌《は》めてしまった。

「え？　何をしてるの。そんな戸があったなんて」

彼は驚いて言った。この頑丈な鉄製のロックは、中からは開けられないのではないか。

「邪魔だから三人を二階に閉じ込めたんです。さあ、また下りて下さい」

亜紀が振り返って言い、丈太郎はわけの分からない不安に駆られながら、押されるように階段を下りていった。

下りきると、亜紀が彼の手を引き、奥にある百合子の部屋へ引っ張っていったではないか。

「ま、まさか君は……」

「もちろん私は犯人じゃありません。中でお話を」

亜紀は言い、吊《つる》された懐中電灯を灯り代わりに点け、彼も戸惑いながら彼女と並んで百合子のベッドに腰を下ろしたのだった。

4

「メンバーの中で私だけ処女です。次に被害に遭《あ》うかも知れないので、どうしても好きな百瀬さんと体験したいんです」

亜紀が、ふんわりと湯上がりの匂いを漂わせながら言う。

二階の三人は閉じ込められても騒いでないようだが、単に気付いていないだけかも知れない。

まあ水もトイレもあるので、しばらく籠城《ろうじょう》しても大事ないだろう。

そしてソファでなく、やはりベッドが良いようで亜紀はこの部屋を選んだようだった。

別に百合子が使用していたものでも、犯人ではないと分かったのだから構わないらしい。

「ほ、本当に、僕と、いいの……?」

丈太郎は胸が高鳴り、今までの惨劇も忘れて歓喜が湧き上がってきた。

いや、亜紀も死への恐怖から唯一の男である彼を求めているだけかも知れないが、それでも構わなかった。

それに実際、彼女の丈太郎に対する好意らしきものは以前から感じていたのである。

「はい、どうか……」

亜紀が頷き、彼の方に寄りかかってきた。

その肩を抱き、丈太郎は顔を寄せ、そっと唇を重ねていった。

ぷっくりしたグミ感覚の弾力が伝わり、彼は感激と興奮に包まれた。

ファーストキスはさっき美雪としてしまい、その時は唐突で戸惑いばかりだったが、今ははっきり感触を嚙《か》み締めることが出来る。

亜紀は長い睫毛《まつげ》を伏せ、か細く鼻呼吸し、間近に迫る頬は水蜜桃《すいみつとう》のように産毛《うぶげ》が輝いていた。

女子校出身とはいえ、これほどの美少女が十八歳となり、大学一年生の晩秋まで処女でいたなど奇蹟《きせき》であろう。

美雪のときは受け身だったが、今度は彼の方から舌を挿《さ》し入れてゆき、滑らかな歯並びをたどった。すると、そろそろと彼女の前歯が開かれ、侵入を許してくれた。

熱気の籠もる内部に潜り込ませてゆくと、触れ合った舌がビクッと奥へ避難したが、徐々に好奇心を湧かせたように、次第にチロチロと蠢《うごめ》かせてきた。

生温かな唾液に濡れた舌が滑らかにからみつき、丈太郎は清らかなヌメリにうっとりと酔いしれた。

肩を抱きながら執拗に舐《な》め回していると、

「ああ……」

息苦しくなったように、亜紀が小さく喘いで口を離した。

僅かに開いた口から綺麗な歯並びと、愛らしい八重歯《やえば》が覗き、間からは熱い吐息が漏れていた。美雪に似た甘酸っぱい匂いだが、微《かす》かにハッカ臭も混じって鼻腟が刺激された。

どうやら湯上がりに歯磨きをしたのだろう。

彼女も頬を上気させ、ファーストキスにフラついているので、横たえる前にジャージを脱がせにかかった。

すると亜紀が途中から自分で脱ぎはじめてくれたので、丈太郎も手早く全裸になっていった。もちろん彼自身は最大限に突き立ち、光沢ある亀頭がピンピンに張り詰めていた。

彼女もためらいなく黙々と脱ぎ去ってゆき、とうとう最後の一枚まで脱いで仰向けになっていった。

丈太郎は、吊された懐中電灯に照らされた無垢な肌を見下ろした。

とうとう初体験するときが来たのだ。しかも相手は、最も好きだった可憐な亜紀である。

胸の膨らみは形良く息づき、乳首も乳輪も初々《ういうい》しい桜色をしていた。

そして今まで服の内に籠もっていた熱気が、湯上がりとはいえ彼女本来の甘ったるい匂いを含んで立ち昇ってきた。

股間の観察は後に取っておき、丈太郎は吸い寄せられるように屈み込み、チュッと乳首に吸い付いて舌で転がし、もう片方の膨らみにもぎこちなく手を這《は》わせていった。

「アア……」

亜紀が微かに喘ぎ、ビクリと反応した。

顔中で思春期の弾力を持つ膨らみを味わい、左右の乳首を順々に含んで舐め回し、さらに彼女の腕を差し上げ、生ぬるく湿った腋《わき》の下にも鼻を埋め込んで嗅いだ。温もりとともに、うっすらと甘ったるい汗の匂いが感じられたが、大部分は湯上がりの香りだ。

「く……」

舌を這わせると亜紀が呻《うめ》き、くすぐったそうに身をくねらせた。

丈太郎はそのまま肌を舐め下り、腹の真ん中に移動して愛らしい縦長の臍《へそ》を舌で探り、ピンと張り詰めた下腹の弾力を味わった。

そして腰から太腿、脚を舐め下りていったが、彼女も熱い息を弾ませながら神妙に身を投げ出していた。

スベスベの脛《すね》をたどって足首まで下りると、彼は足裏に回り込んで美少女の踵《かかと》から土踏まずを舐め、縮こまった指の間に鼻を押し付けた。

微かに汗と脂に蒸《む》れているが、そこも大した匂いは沁《し》み付いておらず、少し物足りなかったが、何しろ初めて女性に触れているのだから丈太郎の胸は張り裂けそうに高鳴っていた。

爪先《つまさき》にしゃぶり付き、順々に指の股に舌を割り込ませていくと、

「あん、ダメ……」

亜紀がビクッと足を震わせて、か細く喘いだ。

それでも拒む様子はないので、彼は両足とも全ての指の間をしゃぶり尽くしてしまった。

股を開かせ、脚の内側を舐め上げ、白くムッチリと張りのある内腿《うちもも》をたどりながら、とうとう神秘の部分に迫っていった。

ぷっくりした丘には楚々《そそ》とした若草が、恥ずかしげにほんのひとつまみ煙り、肉づきが良く丸みを帯びた割れ目は、まるでゴムボールを二つ横に並べて押しつぶしたようだった。

その間から僅かにピンクの花びらがはみ出し、そっと指を当てて左右に広げると、中は綺麗な柔肉で、全体はヌラヌラと熱く潤《うるお》っていた。

膣口《ちつこう》は小さな花弁状の襞《ひだ》が入り組み、ポツンとした小さな尿道口もはっきり確

認できた。本当は懐中電灯の光を近くから当てて観察したいが、亜紀が恥ずかしがるだろう。

包皮の下からは、小粒のクリトリスが僅かに顔を覗かせている。

とうとう二十一歳にして、ようやく神秘の部分を余すところなく見ることが出来たのだ。

もちろんネットなどで女性器を見たことはあるが、やはり現実に生身を見て触れるのは格別だった。

「そ、そんなに見ないで……」

羞恥の中心部に、彼の熱い視線と息を感じた亜紀が声を震わせた。

腹這《はらば》いになりながら、勃起したペニスが自分の重みで心地よく刺激され、彼は顔を埋め込んでいった。

柔らかな若草に鼻を擦《こす》りつけて嗅ぐと、湯上がりの香りとともに蒸れた熱気と湿り気が鼻腔を掻《か》き回した。

願わくば、もっと自然のままの匂いを知りたかったが贅沢《ぜいたく》は言えない。

舌を這わせ、中に差し入れていくと柔肉は淡《あわ》い酸味のヌメリに満ち、すぐにも舌の動きがヌラヌラと滑らかになった。

息づく膣口の襞を掻き回し、ゆっくりクリトリスまで舐め上げていくと、

「アアッ……！」

亜紀がビクッと顔を仰《の》け反《ぞ》らせて熱く喘ぎ、内腿でキュッときつく彼の両頬を挟み付けてきた。

丈太郎はもがく腰を抱え込んで押さえながら、チロチロとクリトリスを探ると白い下腹がヒクヒクと波打ち、

「ああ……」

喘ぎ声が間断なく続くようになっていった。

やはりクリトリスが最も感じるのだろうし、処女とはいえ自分でいじる快感ぐらいは知っているのだろう。

味と匂い、舌触りを堪能すると、さらに彼は亜紀の両脚を浮かせ、白く丸い尻に迫った。谷間には、薄桃色の蕾《つぼみ》がひっそり閉じられ、単なる末端の排泄孔《はいせつこう》が、なぜこんなに美しいのだろうと思った。

鼻を埋めたが、やはり淡く蒸れた熱気が籠もっているだけだ。

それでも顔中に密着する双丘の弾力を味わいながら舌を這わせ、細かに収縮する襞を濡らして、ヌルッと潜り込ませて滑らかな粘膜を探った。

「あう……」

亜紀が驚いたように呻き、キュッと肛門《こうもん》で舌先を締め付けてきた。

丈太郎は中で舌を蠢かせ、ようやく脚を下ろして舌を割れ目に戻した。

すると清らかな蜜《みつ》が大洪水になって、彼はすすりながら再びクリトリスに吸い付いていったのだった。

5

「も、もうダメ……、お願い……」

亜紀が嫌々をして言う。どうやら絶頂が迫ってきたので、早く初体験をしたいのだろう。

ようやく丈太郎も顔を上げて股間から離れ、彼女に添い寝していった。

そして亜紀の手を握って、そろそろとペニスに迫らせると、彼女もそっと触れてくれた。

最初は恐々と、汗ばんで生温かな手に包み込み、ニギニギと動かした。

「ああ、気持ちいい。入れやすいように唾で濡らして……」

声を震わせて言い、仰向けになると彼女も素直に移動していった。

彼が大股開きになると亜紀が真ん中に腹這い、顔を寄せて無垢な視線を注《そそ》いできた。

「おかしな形……」

股間で呟《つぶや》き、さらに彼女は幹に指を這わせ、陰嚢《いんのう》を探って睾丸《こうがん》を転がし、袋をつまみ上げて肛門の方まで覗き込んだ。受け身から一転すると、羞恥よりも急に好奇心が湧いたようだった。

「入るのかしら。こんなに大きなのが……」

「濡らせば入るよ。亜紀ちゃんもうんと濡れているからね」

言うと彼女が羞恥に吐息を洩らし、彼の股間を生温かくくすぐった。

「コンドーム持っていないのだけど」

「大丈夫です……」

急に心配になった彼が言うと、亜紀は答えて前進し、チロリと赤い舌を伸ばしてきた。

先輩の姉貴分が多くいるので、ピルでももらっているのかも知れない。もちろん避妊のためではなく、生理不順の解消のためだろう。

やがて美少女の舌先が幹の裏側に触れ、ゆっくりと先端まで舐め上げてきた。

滑らかな舌の感触に息を震わせ、彼が硬直していると、とうとう彼女は粘液の滲《にじ》む尿道口も、厭《いと》うことなくチロチロと無邪気にしゃぶってくれた。

そして張り詰めた亀頭をくわえると、丸く開いた口でスッポリと喉《のど》の奥まで呑《の》み込んでくれたのだ。

「アア……」

丈太郎は、夢のような快感に熱く喘ぎ、美少女の口の中で唾液に濡れた幹をヒクヒク上下させた。

「ンン……」

深々と頬張《ほおば》った亜紀は小さく呻き、熱い鼻息で恥毛をそよがせた。口の中ではクチュクチュと舌が蠢き、たまに当たる歯の感触も甘美で新鮮だった。

このままでは無垢な口の中に漏らしてしまいそうだ。

彼が警告を発しようとすると、ちょうど息苦しくなったか、口が疲れたのか、亜紀は自分からチュパッと軽やかに口を離した。

そして添い寝してきたので、入れ替わりに彼は身を起こし、亜紀を仰向けにさせた。

（いよいよ初体験だ……）

股を開かせ、股間を進めながら丈太郎は緊張と興奮に包まれて思った。

幹に指を添え、唾液に濡れた先端を割れ目に押し当て、互いのヌメリを与え合うように擦りつけながら位置を探った。

「もう少し下です……、そこ……」

亜紀も僅かに腰を浮かせながら囁《ささや》き、位置を定めてくれた。

グイッと押し込むと、張り詰めた亀頭が処女膜を丸く押し広げて潜り込み、あとは潤いでヌルヌルッと滑らかに根元まで吸い込まれていった。

「く……」

亜紀が眉をひそめて呻き、身を強《こわ》ばらせた。

丈太郎は、きつい締め付けと熱いほどの温もり、肉襞《にくひだ》の摩擦と潤いに包まれながら懸命に暴発を堪《こら》えた。処女にとっては早く済ませたいだろうが、やはり少しでも長く味わいたいのだ。

股間を密着させ、彼は脚を伸ばして身を重ねていった。

すると亜紀も下から両手を回してしがみつき、彼はしばし動かずに初体験の温もりと感触を嚙み締めた。

「大丈夫?」

「ええ……」

気遣って囁くと、彼女が健気《けなげ》に答えた。膣内は、異物を確かめるように息づくような収縮が繰り返されていた。

彼の胸の下では乳房が押し潰れて心地よく弾み、恥毛が擦れ合い、奥にある恥骨の膨らみもコリコリと伝わってきた。

様子を探るように小刻みに動きはじめてみると、溢《あふ》れる愛液ですぐにも律動が滑らかになり、あまりの心地よさで腰が止まらなくなってしまった。

動きに合わせてクチュクチュと湿った摩擦音が聞こえ、

「アア……」

亜紀も熱く喘ぎながら、しがみつく両手に力を込めた。

次第に彼も快感で気遣いを忘れ、いつしか股間をぶつけるほど激しく動きはじめていた。

そして亜紀も、もう十八歳だから念願の初体験だったろうし、いつしか破瓜《はか》の痛みも麻痺したのか、それよりも好きな男と一つになった喜びが芽生《めば》えたように息を弾ませていた。

動きながら屈み込み、何度となく唇を重ねては舌をからませた。

さらに美少女の喘ぐ口に鼻を押し付けて嗅ぐと、熱い吐息の湿り気が悩ましく鼻腔を満たした。

さんざん喘いだせいか亜紀の口中は乾き気味になってハッカ臭が薄れ、甘酸っぱい果実臭が濃厚に鼻腔を掻き回してきた。

たちまち彼は呻き、美少女の吐息と肉襞の摩擦の中で昇り詰めてしまった。

「い、いく……」

大きな絶頂の快感に全身を激しく貫かれると同時に、熱い大量のザーメンがドクンドクンと勢いよくほとばしり、柔肉の奥深い部分を直撃した。

「あ、熱いわ……！」

亜紀が噴出を感じたように声を洩らし、息づくような収縮を強めた。

もちろんまだオルガスムスには程遠いだろうが、丈太郎の反応で嵐のピークが来たことを察し、彼の快感が伝わったようにヒクヒクと肌を震わせた。

彼は心ゆくまで快感を嚙み締め、最後の一滴まで出し尽くしていった。

そして深い満足に包まれながら、徐々に動きを弱め、力を抜いてもたれかかっていった。

やはりセックスは、オナニーの何百倍もの快感であった。

そして射精の快感以上に、前から思っていた美少女を相手に初体験をし、同時に彼女の処女も頂けた悦《よろこ》びに包まれた。

やがて完全に動きを止めても、膣内はいつまでもキュッキュッときつい収縮が繰り返され、射精直後で過敏になった幹がヒクヒクと中で跳《は》ね上がった。

「あう……、まだ動いてるわ……」

亜紀がか細く言い、彼は美少女の吐息を間近に嗅ぎながら、うっとりと快感の余韻に浸り込んでいった。

「痛かった……？」

「ううん、平気です。嬉しかった……」

囁くと亜紀が答え、丈太郎は限りない幸福感に包まれた。

これで大学生活に戻っても、二人は晴れて恋人同士になれることだろう。

もちろん三人の死を思うと心に暗い影が落ちるので、なるべく考えないようにしていた。

本当は、年上の真貴子に手ほどきを受け、セックスを知ってから無垢な亜紀を相手にするのが理想だったが、そんな贅沢は言えないし、案外処女と童貞《どうてい》でも上手くいくものだと思った。

やがて呼吸を整え、いつまでも乗っているのは気が引けるので、丈太郎はそろそろと身を起こして股間を引き離した。

「あう……」

ヌルッと引き抜くとき、亜紀が微かに声を洩らした。

彼は枕元にあったティッシュを取り、手早くペニスを拭いながら亜紀の股間に屈み込むと、小振りの陰唇が痛々しくはみ出し、膣口から逆流するザーメンに、僅かに血が混じっていた。

それを見ると、本当に処女を散らした思いが胸に刻みつけられた。

ティッシュを当てて優しく拭い、再び添い寝した。

まだ雨音が続いている。

いかに現状維持とはいえ、三体もの遺体を放置しているのが気になる。

小屋の洋介と百合子はともかく、テラスの真貴子は雨ざらしで気の毒だったが、まさか勝手に埋葬するわけにもいかないのだ。

やがて二人で起き上がり、身繕《みづくろ》いをすると懐中電灯を切り、そっと百合子の部屋を出た。

暗いリビングを横切り、階段を上がると亜紀がロックを外して静かに引き戸を開けた。

もう彼女たちは寝ているだろうか。あるいは亜紀と同室の千恵里は、亜紀に下で丈太郎と何があったか細かに訊き出すかも知れない。しかし、丈太郎はそこまで見届けたくなく、早く一人になりたかったのだ。

「おやすみ」

彼は言い、部屋に入る亜紀を見送ってから、一人の部屋に戻って横になり、眠くなるまで初体験の感激を嚙み締めたのだった。

第三章　死の際《きわ》の熱き欲望

1

「百瀬さん……」

「うわ……」

囁《ささや》かれ、眠っていた丈太郎は目を開けて息を呑《の》んだ。

目の前にいるのはボブカットの美雪、しかも彼女は一糸まとわぬ姿になっているではないか。

まだ夜明け前らしく、雨音のしている外は暗い。

どうやら美雪も早くに目覚めてしまい、そっと部屋を抜け出してきてしまったようだ。そして昨日、唇を重ねて以来ずっと欲望がモヤモヤとくすぶっていたのかも知れない。

「大丈夫、香澄はぐっすり眠っているわ」

美雪が言い、布団を剝《は》いで添い寝してきた。

「聞いたわ。ゆうべ亜紀を抱いたのね」

美雪が身を寄せて言う。そういえば三人がバスルームで相談をしていたとき美雪は、リビングで丈太郎とキスしていたのである。

そして彼女は、横になっている彼のジャージも脱がせにかかった。

丈太郎は急激に欲情して身を起こし、朝立ちの勢いもあって自分から全裸になってしまった。

「ね、してみたいことがあるの。好きにしていい？」

美雪が目をキラキラさせて言い、彼を再び仰向けにした。

「いいよ、何をしても……」

丈太郎も、この不思議ちゃんの思うがままにしてもらいたい気持ちになり、身を投げ出して答えた。

すると美雪が彼の下腹に跨《また》がり、ピッタリと股間を密着させて座り込んできたのである。

吸い付くような感触の割れ目が、熱く濡《ぬ》れはじめているようだ。

「膝《ひざ》を立てて」

美雪が言い、丈太郎が両膝を立てると、彼女はそこに寄りかかって脚を伸ばした。大胆にも両の足裏を彼の顔に乗せてきたのである。

「ああ、いい気持ち。一度、人間椅子《いす》に座ってみたかったの……」

彼女が息を弾《はず》ませて言い、うっとりと全体重を預けてきた。

神秘や猟奇《りょうき》の好きな美雪は、乱歩《らんぽ》の『人間椅子』なども夢中で読んだのだろう。

丈太郎も、重いが嫌ではなく、完全に目が覚めてゾクゾクと興奮してきた。

急角度に勃起したペニスが、上下に震えるたびに彼女の腰をトントンとノックした。

美雪も、昨日から相当に欲情しているようで、先輩の顔に足裏を乗せるのも平気で、腰をよじるたび濡れた割れ目が下腹に擦《こす》られ、増してくる潤《うるお》いが伝わってきた。

やはり密閉された空間に閉じ込められ、唯一の男に欲情しはじめているようだ。

しかも孤島とかではなく、水も食料もある。しかし停電で電気が使えず、鬼の襲来に怯《おび》えて死の恐怖があるため、性欲だけが沸々《ふつふつ》と湧《わ》き上がってしまったのかも知れない。

ましてや鬼という敵は、美雪の最も好きなシチュエーションなのだろう。

丈太郎は、興奮しながら彼女の両の足裏に舌を這わせ、足指の間に鼻を割り込ませて嗅《か》いだ。そこは汗と脂に湿り、蒸《む》れた匂《にお》いが濃く籠《こ》もって鼻腔《びこう》を刺激してきた。

そういえば、昨夜は美雪だけ入浴しておらず、彼が求めたナマの匂いを充分に沁《し》み付かせていたのだ。

丈太郎はムレムレの匂いを貪《むさぼ》るように嗅いでから、美雪の爪先《つまさき》にしゃぶり付いた。

両足とも、順々に全ての指の股に舌を割り込ませて味わうと、

「アア……、くすぐったくて変な気持ち……」

美雪が腰をくねらせ、熱く喘《あえ》いだ。処女ではないようだが、元彼は爪先まではしゃぶらない男だったのかも知れない。

やがて味と匂いを堪能すると、丈太郎は足首を摑《つか》んで彼女の足を顔の左右に置いた。

「前に来て、顔に跨がって」

言うと美雪もためらいなく前進し、彼の顔にしゃがみ込んできた。

和式トイレスタイルで脚がM字になると、白い脹《ふく》ら脛《はぎ》と内腿《うちもも》がムッチリと張りついた。

下から見上げると、美雪は実に見事なプロポーションをしていた。

ウエストがくびれて腰にボリュームがあり、意外なほど乳房も豊かである。

その割れ目は愛液が大洪水になり、丘の茂みも濃い方だった。しかもクリトリスも大きめで、男の亀頭をミニチュアにしたような形でツンと突き立ち、ピンク色の光沢を放っている。

堪《たま》らずに腰を抱き寄せて顔を埋めると、美雪も前にあるヘッドレストを両手で掴み、まるでオマルにでも跨がった格好になった。

柔らかな茂みの隅々には、生ぬるく蒸れた汗とオシッコの匂いが馥郁《ふくいく》と籠もり、嗅ぐたびに鼻腔が悩ましく刺激された。

（ああ、これがナマの匂い……）

丈太郎は感激と興奮に包まれながら胸を満たし、舌を這わせていった。

やはりヌメリは亜紀と似た淡《あわ》い酸味を含み、彼は膣口《ちつこう》の襞《ひだ》を探ってから、大きめのクリトリスまで舐《な》め上げていった。

「アア……、いい……！」

美雪が喘ぎ、思わずギュッと彼の顔に座り込んできた。

彼は心地よい窒息感に噎《む》せ返りながら、女の匂いで胸を一杯にしながらクリトリスを吸い、溢《あふ》れる蜜《みつ》をすすった。

さらに尻の真下に潜り込み、ひんやりした豊かな双丘を顔中に受け止めた。

谷間の蕾《つぼみ》は、レモンの先のように僅《わず》かに突き出て艶《なま》めかしく、神秘の美女の股間は、実際に見るまで分からないものである。

鼻を埋めると蒸れた微香が籠もり、彼は熱気を嗅いでから舌を這わせ、ヌルッと潜り込ませた。

「あう……」

美雪が呻《うめ》き、モグモグと肛門《こうもん》で味わうように舌先を締め付けた。

彼は滑《なめ》らかな粘膜を味わい、再び濡れた割れ目に戻って舌を這い回らせた。

「も、もうダメ……」

絶頂を迫らせた美雪が言い、自分からビクッと股間を引き離した。

そして仰向けの丈太郎の上を移動し、大股開きにさせて腹這《はらば》いになった。

すると美雪は、まず彼の両脚を浮かせ、自分がされたようにチロチロと尻の谷間を舐めはじめたのである。

唾液に濡れた肛門にヌルッと滑らかに舌が潜り込むと、

「く……」

丈太郎は妖《あや》しい快感に呻き、肛門で美女の舌先を締め付けた。

彼女も内部で舌を蠢《うごめ》かせ、熱い鼻息で陰嚢《いんのう》をくすぐってきた。

やがて気が済んだように脚を下ろし、そのまま鼻先にある陰嚢を舐め回し、睾《こう》丸《がん》を舌で転がした。

彼は股間に熱い息を感じながら、愛撫《あいぶ》をせがむように幹を上下させた。

美雪も前進し、幹に指を添えて顔を迫らせた。

「これが、亜紀の処女を奪ったのね……」

彼女は熱い視線を注《そそ》いで呟《つぶや》くと、肉棒の裏側をゆっくり舐め上げ、先端にしゃぶり付き、そのままモグモグとたぐるように喉《のど》の奥まで呑み込んでいった。

「ああ……」

丈太郎は快感に喘ぎ、美雪の口の中でヒクヒクとペニスを震わせた。

美雪も幹を締め付けて吸い、熱い鼻息で恥毛をくすぐりながら口の中で舌をからめてきた。

快感に任せ、思わずズンズンと股間を突き上げると、

「ンン……」

美雪は熱く呻き、たっぷり溢れさせた唾液が陰嚢の脇を伝い流れてきた。

彼女も小刻みに顔を上下させ、濡れた口でスポスポとリズミカルで強烈な摩擦を開始したが、

「い、いきそう……」

絶頂を迫らせながら言うなり、美雪はスポンと口を引き離した。

「いい？」

彼女は言うなり、返事も待たずに前進して丈太郎の股間に跨がった。

そして幹に指を添え、先端に割れ目を押し当てると、位置を定めてゆっくり腰を沈み込ませていった。

張り詰めた亀頭が潜り込むと、あとは重みと潤いでヌルヌルッと滑らかに根元まで呑み込まれた。

「アア……、奥まで届く……」

美雪が完全に座り込み、顔を仰《の》け反《ぞ》らせて喘いだ。密着した股間をグリグリと擦り付けると、豊かで形良い乳房が艶めかしく揺れた。

丈太郎も、締め付けと温もりに包まれながら高まり、両手を伸ばして彼女を抱き寄せた。

美雪が身を重ねてくると、彼は潜り込むようにして乳首を吸い、張りのある膨らみを顔中で味わった。胸の谷間や腋《わき》からは、生ぬるく甘ったるい汗の匂いが漂い、胸を満たす刺激がペニスに伝わっていった。

左右の乳首を順々に味わい、腋の下に鼻を埋めると、さらに濃厚に甘ったるい体臭が鼻腔を満たした。

2

「い、いきそうよ、すごくいい……」

美雪が目を閉じて言い、待ち切れないように腰を動かしはじめた。

丈太郎も下からしがみつきながらズンズンと股間を突き上げ、両膝を立てて彼女の動く尻を支えた。

溢れる愛液が陰嚢の方にまで伝い流れ、膣内はペニスを味わうようにキュッキュッと上下に締まった。

つい陰唇を左右に開くから、中も左右に締まるような気がしていたが、実際には上下に締まるのだ。亜紀では得られなかった感覚で、また一つ彼はセックスというものを実感した思いだった。

激しく腰を遣《つか》い、高まりながら美雪が上からピッタリと唇を重ねてきた。

舌が潜り込み、彼の滑らかに蠢く舌を味わいながら舐め回し、燃えるように熱い息吹で鼻腔を湿らせた。

「アア……、いく……」

美雪が口を離し、淫《みだ》らに唾液の糸を引きながら喘いだ。

膣内の収縮が増し、それよりも丈太郎は、彼女の熱く湿り気ある吐息を嗅いで一足先に昇り詰めてしまった。

美雪の息は寝起きの濃さを含み、亜紀の果実臭より数倍も刺激的で、何やら美しい牝獣に犯されているようだった。

「く……！」

絶頂の快感に全身を貫かれて呻き、彼はありったけの熱いザーメンをドクンドクンと勢いよくほとばしらせた。

「あう、もっと……、アアーッ……！」

奥深い部分に噴出を感じた途端、オルガスムスのスイッチが入ったか、美雪は声を上ずらせてガクガクと狂おしく痙攣《けいれん》した。

膣内の収縮は最高潮になり、まるで放たれたザーメンを飲み込むようにキュッキュッときつく締まった。

丈太郎は美女の重みと温もりを受け止め、快感を嚙《か》み締めながら心置きなく最後の一滴まで出し尽くした。

すっかり満足しながら徐々に突き上げを弱めていくと、

「アア……、すごかったわ……」

美雪も満足げに声を洩《も》らし、肌の強《こわ》ばりを解いて力を抜くと、遠慮無くグッタリともたれかかってきた。

まだ締まる膣内に刺激され、ヒクヒクと過敏に丈太郎の幹を震わせた。

そして、美雪の吐き出す濃厚に甘酸っぱい吐息を間近に嗅いで胸を満たしながら、うっとりと余韻を味わった。

互いに完全に動きを止めて重なったまま、荒い呼吸が繰り返された。

美雪はいつまでもどかず、体重を預けたままである。

やがて満足げに萎《な》えたペニスが、愛液とザーメンのヌメリでゆっくりと抜け落ちていった。

「あう、離れちゃった……」

ツルッと抜け落ちると美雪が囁き、それを待っていたようにそろそろと身を離し、添い寝してきた。

「すごく良かったわ。上になる方が自由に動けて好き。男が上だと、済んだらさっさと離れてしまうから……」

横から身を寄せて美雪が言う。

「何人の男を知っているの?」

「二人だけ。高校時代と、去年と」

訊《き》くと彼女が答え、どちらの男も大したことなかったという感じだった。

好奇心旺盛《おうせい》な美雪は、セックスの方も奔放《ほんぽう》に楽しみ、相手そのものには執着しないのかも知れない。

「百瀬さんが、一番良かったわ」

「そう……」

添い寝して話しているうち、また彼自身はムクムクと鎌首《かまくび》を持ち上げはじめてしまった。

昨夜亜紀と初体験をしたが、何しろ初めてだから緊張や戸惑い、気負いが大きくて、今までしたいと思っていたことがまだまだ残っているような気がした。

ましても亜紀は無垢《むく》だから、気遣いの方が大きかったのだ。

そのてん美雪には、何でも求められ、また彼女も叶《かな》えてくれそうな気がするのである。

「どうしたの？」

「また勃《た》ってきちゃった……」

「まあ、私はもう充分よ。またしたら動けなくなるし、もう少ししたらみんなも起きてくるでしょう」

「手でいいので……」

丈太郎は言い、彼女の顔を引き寄せた。

「いいわ、こう？」

美雪も答え、まだ湿っているペニスを手のひらに包み込み、ニギニギと動かしながら迫った唇にキスしてくれた。

やはりオナニーと違い、人の手だとリズムが違い、そのもどかしさも快感であった。それに予想も付かない動きもするし、意外な部分が感じるという新発見もあった。

「唾を出して……」

唇を触れ合わせたまま囁くと、美雪も懸命に唾液を分泌《ぶんぴつ》させ、口移しにトロトロと注ぎ込んでくれた。彼は生温かく、小泡の多い粘液を味わい、うっとりと喉を潤した。

その間も、リズミカルな指の愛撫が続き、彼自身はいつしか最大限に勃起していた。

さらに丈太郎は彼女の口に鼻を押し込み、熱く濃厚に甘酸っぱい吐息を胸いっぱいに嗅いだ。すると美雪も、チロチロと舌を這わせ、彼の鼻の穴を舐め回してくれた。

唾液のヌメリと匂いに包まれ、ジワジワと絶頂が迫ってきた。

「いきそう？　お口に出す？」

と、美雪が囁き、その言葉だけで彼は暴発しそうになってしまった。

「いいの？」

「いいわ、出して」

彼女は答えるなり身を起こし、股間に移動していった。

そして回復した亀頭にしゃぶり付き、喉の奥まで呑み込むと舌をからめ、股間に熱い息を籠もらせてきた。

「ああ……」

丈太郎は仰向けになって喘ぎ、ズンズンと股間を突き上げはじめると、美雪も顔を上下させ、リズムを合わせてスポスポと摩擦してくれた。

もう我慢しなくて良いのだ。それにしても、初体験をした翌朝に、美女の清潔な口を汚す機会に恵まれるなど夢にも思っていなかった。

あるいは、これはまだ眠っている夢なのかも知れないとさえ思えた。

「ンン……」

喉の奥を突かれるたびに美雪が小さく呻き、摩擦と吸引、舌の蠢きを続行してくれた。さらに指先が、サワサワと陰嚢をくすぐっている。

彼自身は、生温かく清らかな唾液にどっぷりと浸り、とうとう絶頂の痙攣を起こしはじめた。

「い、いく……、アアッ……！」

警告を発するように言ったが、彼女はリズムを崩さなかった。

同時に、まだ残っているかと思えるほど大量のザーメンがドクンドクンと勢いよくほとばしり、美雪の喉の奥を直撃した。

「ク……」

彼女が息を詰め、頰をすぼめて吸引してくれた。

「あう……！」

丈太郎は、射精するときの脈打つリズムが無視され、魂《たましい》まで吸い出されるような快感に包まれた。だから美女の口を汚すというより、彼女の意思で吸い取られている感じである。

まるでペニスがストローと化し、陰囊から直に吸い出されているようだった。

最後の一滴まで出し切ると、彼は硬直して反り返っていた体から力を抜き、グッタリと四肢《しし》を投げ出した。

すると彼女も動きを止め、亀頭を含んだまま口に溜《た》まったザーメンをゴクリと飲み干してくれたのだ。

「う……」

喉が鳴ると同時に口腔《こうくう》がキュッと締まり、彼は駄目押しの快感に呻いた。

（の、飲んでもらっている……）

丈太郎は感激の中で思った。自分の生きた精子が、美女の体内で消化され、栄養にされることに言いようのない悦《よろこ》びを感じた。

ようやく彼女は口を離したが、なおも余りをしごくように幹を握って動かし、尿道口に膨らむ白濁《はくだく》の雫《しずく》まで、チロチロと丁寧に舐め取って綺麗《きれい》にしてくれたのだった。

「も、もういい、有難《ありがと》う……」

舌の刺激に丈太郎は、ヒクヒクと過敏に幹を震わせて呻き、降参するようにクネクネと腰をよじったのだった。

3

「だいぶ雨脚が収まってきたわ。あとで車で、崖崩れの方も見てこようかしら」

窓の外を見て、千恵里が言った。

確かに雨音もだいぶ静かになってきたが、まだ停電は続いている。

五人は、またあり合わせのもので朝食を終え、順々に入浴も済ませたところだった。

休日明けで大学も再開しているだろうが、まだどうにもならない。

明け方、あれから美雪は、そっと香澄の寝ている部屋に戻った。

本当は美雪もすぐにもシャワーを浴びたかっただろうが、階下へ行くのは全員揃《そろ》ってという取り決めである。

丈太郎も、美雪が去ってから小一時間ばかり眠って起きたところだ。

面々を見回したが、もちろん美雪は特に親しげにしてくる様子はない。きっと同室の香澄も気づいていないのだろう。

しかし亜紀は、やはり誰とも目を合わせるのが恥ずかしいようだ。

「そうだわ」

千恵里が言う。

「二台の車のバッテリーで、携帯を充電できるわね。それで、もう一度通報してみましょう」

「ああ、それはいい」

丈太郎も頷《うなず》いた。すでに全員の充電は切れているのだ。

この中で、免許を持っているのは千恵里だけだから思い付いたのだろう。

「じゃまず、三年生の私と百瀬君、二人で行ってくるわね」

千恵里が言って、彼も立ち上がった。

玄関脇に、ペンションの客の精算するレジ台があり、その脇の壁に、百合子の車のキイも下がっていた。

「じゃ、三人で固まっているのよ。何かあればクラクションを鳴らすから」

千恵里が言うと見送りの香澄が頷き、二人が出るとドアをロックした。

もう僅《わず》かな距離なので、二人は傘も差さずに走った。

「待って、百合子さんの車のトランクも確認しておきたい」

「ええ」

言うと千恵里が、乗用車のトランクを開けた。

「あ……！」

中を見て二人は声を上げて立ちすくんだ。中には、血まみれの青いコートが押し込まれていたのである。

他には何もないので、すぐにトランクを閉めた。

「どうしてここに……」

「分からない。犯人が、ここへ押し込んで逃げたのかも」

二人は話したが、とにかく雨を避けて乗用車に入った。エンジンを掛け、まずは丈太郎のスマホの充電セットをする。

そして二人でワゴンに移動して乗り込み、千恵里のスマホを充電した。

「どれぐらいかかるかな」

「そんなに長い時間じゃないわ」

助手席に座った丈太郎が言うと、運転席の千恵里が答えた。

カーラジオを点《つ》けてみたが、特にめぼしいニュースや天気予報はやっていないし、受信状態が悪く雑音が多いのですぐに消した。

「ね、亜紀とは上手《うま》くいったの？」

急に、千恵里が顔を向けて囁いてきた。やはりみな知っているようだ。

車内に二人だけだから声を潜める必要はないのに、それはやけに秘密めいて胸が高鳴った。

「うん、まあ……」

「そう、何だか私、近々みんなであなた一人を取り合って争いになるような気がするの……」

長い黒髪のメガネ美女、図書委員タイプの彼女が言う。

「そんな、僕がシャイでダサい男だってのは知ってるだろうに」

「もちろん知っているけど」

知っているのかい、と突っ込みたくなったが言わなかった。

「でも今は状況が違うわ。いつまで閉じ込められているか分からないし、他にすることがないときは、獣みたいな感覚になってしまうものよ」

千恵里が言う。確かに、今は非日常の世界であり、誰もが通常の感覚を保てなくなりつつあるようだ。

すると、いきなり千恵里が身を寄せ、丈太郎に縋り付いてきた。

「ま、窓から見られるよ……」

「大丈夫よ。少し時間がかかることはみんな知ってるから」

彼女が言い、回した手でシート脇のレバーを引き、背もたれを最大限まで倒した。そして運転席も倒すと、ほとんど二人で仰向けに近い状態になる。

そして千恵里がのしかかり、激しく唇を重ねてきたのである。

獣みたいな感覚になっているのは、千恵里本人のようだった。

もちろん嫌ではなく、丈太郎も力を抜き、侵入した長い舌を舐め回し、生温かな唾液のヌメリを味わいながらムクムクと勃起してしまった。

明け方に美雪を相手に二回も射精しているが、多少なりとも眠ったので回復している。

ましてや今まで妄想オナニーばかりの童貞《どうてい》で、まだ二十一歳なのだから、性欲は無尽蔵《むじんぞう》に湧いてきた。

貪るように舌をからめ合うと、混じり合った息で彼女のメガネのレンズが曇った。長い黒髪がカーテンのように覆って視界を暗くし、籠もる吐息が彼の鼻腔を悩ましく湿らせてきた。

「ンン……」

千恵里は熱く鼻を鳴らし、執拗《しつよう》に舌をからめながら、彼の股間にそっと触れてきた。

「勃ってるわ。嬉《うれ》しい……」

口を離して言うと、吐息が淡いシナモン臭を含んで鼻腔を刺激してきた。

「出して……」

千恵里が言って丈太郎のジャージをめくると、彼も自分で脱いでペニスを露《あら》わにさせた。すると彼女も手早く脱ぎ去り、白く形良い乳房と、スラリとした脚を出した。

千恵里は彼の股間に屈み込み、張り詰めた亀頭にしゃぶり付いた。

仰向けに近い状態で、丈太郎も千恵里の下半身を引き寄せると、ためらいなく顔に跨がってきた。

狭い中で苦労しながら何とか女上位のシックスナインになり、丈太郎は下から割れ目に舌を這わせた。

熱い愛液が溢れ、すぐにも舌の動きが滑らかになった。

しかし湯上がりのため、残念ながら股間から蒸れたナマの匂いは感じられなかった。

溢れる蜜をすすり、ツンと突き立ったクリトリスを舐め回すと、

「あう……」

亀頭を含んだまま千恵里が呻き、反射的にチュッと強く吸い付いてきた。

互いの股間に熱い息を籠もらせ、最も敏感な部分を舐め合っていると、彼の目の上にあるピンクの肛門が艶めかしくキュッキュッと収縮した。

着衣だとほっそりして見えるが着痩《きや》せするたちなのか、乳房も腰も滑らかな丸みを帯びている。

丈太郎は伸び上がって尻の谷間も舐め、ヌルッと浅く舌を潜り込ませた。

「アア……、ダメ、そんなことしなくていいのよ……」

千恵里が口を離し、お姉さんのような口調で言った。局部を舐め合うまでが限

界で、それ以上の体験はないのかも知れない。

やがて向き直ると、千恵里は彼の股間に跨がってきた。

「入れるわ」

短く言うなり、唾液に濡れた先端に割れ目を押し当ててきた。彼女も美雪のように、女上位で気ままに動くのが好きなのだろうか。もっとも車内だから、それが一番良い交接の仕方なのだろう。

感触を味わうように息を詰めた千恵里が、ゆっくり腰を沈めていくと、彼自身はヌルヌルッと滑らかな肉襞の摩擦を受けながら、熱く濡れた肉壺《にくつぼ》に根元まで呑み込まれていった。

「ああ……、いい気持ち……。したくて堪らなかったの……」

千恵里が覆いかぶさって喘ぎ、股間を密着させてキュッと締め上げてきた。

丈太郎も潜り込むようにして、乳首に吸い付いて舐め回しながら、もう片方の膨らみを優しく揉みしだいた。

「嚙んで……」

千恵里がクネクネと身悶《みもだ》えて言う。

やはり三年生だから、他の子より経験が豊富で、くすぐったい微妙な愛撫よりも、痛いぐらいの刺激が好みのようだった。

丈太郎も前歯でコリコリと乳首を刺激してやった。

「あう、もっと強く……」

千恵里がビクッと反応して呻き、収縮と潤いを増していった。

両の乳首を交互に舌と歯で愛撫すると、彼女が股間を擦り付けるように腰を遣いはじめた。

日頃から清楚《せいそ》な千恵里が、熱く喘ぎながら貪欲に動く様子は、一種のギャップ萌《も》えだった。しかも全裸に、メガネだけ掛けているのも刺激的である。

丈太郎も合わせてズンズンと突き上げ、千恵里の吐き出すシナモン臭の吐息を嗅ぎながら、激しく高まっていったのだった……。

4

「見て、水が……！」

二人で車を出ると、千恵里が言った。

何と地面全体がぬかるみ、徐々に湖のように溜まっているではないか。

雨脚は弱まったのに、どうやら近くの河原が洪水を起こしはじめているようだった。

だから今までの雨音の代わりに、川の氾濫《はんらん》する音が不気味に響き、今にも車まで流されそうな勢いである。

ペンションの玄関は階段があって少し高いので今しばらくは大丈夫だろうが、遺体のある小屋は間もなく浸水し、現状維持も何も無意味になってしまいそうだった。

いよいよ、孤島の様相を呈《てい》しはじめていた。

「これじゃ、車で崖崩れの様子を見ることも出来ないわ……」

千恵里が言い、二人は足早にペンションに戻った。

すぐに香澄が開けてくれ、二人が入ると元通り玄関ドアをロックする。

まず二人はバスルームに行き、濡れた靴下を洗濯機に入れ、シャワーで足を洗った。他の三人は来ないので、さらに二人はこっそり下半身を露わにして股間も洗い流したのだった。

身繕《みづくろ》いを終えてリビングに戻り、全員が揃うとコーヒーを淹《い》れてもらった。

「ダメだわ。どこにも繋がらない……」

千恵里が、充電を終えたスマホで通報しようとしたが徒労に終わり、声を落として言った。

丈太郎も確認してみたが、新たなメールやラインはない。危急を報せる友人もいないので、それは千恵里に任せることにした。第一ネットにも繋がらなくなっているのだ。

ただ雨風は収まっても、洪水と崖崩れで、救出を待つにはまだまだ時間がかかるだろう。

「知り合いにメールして」

「今やってるわ」

言うと千恵里が答え、頼りになりそうな友人相手にメールを打ち込んでいた。

「水が、タイヤの半分ほどまで来ているわ」

窓から見ていた香澄が言い、丈太郎も見てみると、どうやら小屋も浸水しはじめているようだった。

「もう車にも出ない方がいいな。二つだけでも充電しておいて良かった」

丈太郎は言い、席に戻ったが、他の子たちにトランクの青いコートのことは言わないでおいた。

「ヘリで来てくれるのが一番良いのだけど」

メールを終えた千恵里が言い、コーヒーのお代わりをした。

「こんな洪水の中で、犯人はどこにいるのかしら……」

香澄が言ったが、丈太郎と美雪だけは、もう鬼という人ならぬものの仕業《しわざ》と確信しかけていた。もちろんこの中に犯人がいるとは思えないし、誰一人として犯行は不可能である。

「洗面所の戸棚に、ビニール製の筏《いかだ》ボートが入っていたわ。河原で遊ぶためのものらしいけど、それで川を下って人のいるところまで行けないかしら」

香澄が言う。さすがアドベンチャーを好む、唯一の体育系女子である。

「危険すぎるよ。ちゃんとしたゴムボートでも危ない」

丈太郎は、問題外というふうに答え、香澄も仕方なく納得した。

やがて車座になって時を過ごしたが、千恵里の友人からの返信は無かった。

そして早めの食事を済ませると、暗くなる前に全員で二階に上がった。

そのとき庭を見てみると、何とか洪水も、タイヤの半分ほどで収まっているようだった。

皆はいつものように、二人ずつ各部屋に入り、丈太郎は一人の部屋に入って横になった。

誰もが精神的に疲れ、すぐにも眠ってしまうことだろう。

彼がウトウトしかけたとき、そっとドアが開いて誰かが入ってきた。

目を開けて様子を窺《うかが》うと、香澄ではないか。

亜紀と同じ一年生だが、すでに十九になり活発で健康的な元陸上部である。

中学高校と短距離の選手だったが、大学では最初からミス研にいたので、前からかなりの読書家でもあったらしい。

「来ちゃったわ。一緒にいさせて」

「うん……」

言われて、丈太郎は妖しい期待に股間を熱くさせた。

同室の美雪は知っているのか、いちいち問《と》い質《ただ》さなかった。あるいは彼女たちの話し合いで、順番を決めているのかも知れない。

唯一の男というのは、何と幸運なものであろう。

「脱いでいい？」

横になる前に香澄が言い、返事も待たずにジャージを脱ぎはじめたので、彼も無言で手早く全裸になっていった。

5

「すごいわ、こんなに勃《た》って……。相手が誰でもこうなるの？」

仰向けになった丈太郎の股間を見下ろし、香澄が悪戯《いたずら》っぽく言った。

すでに彼女は、高校時代から彼氏と充分に体験しているのだろう。

「綺麗な人が相手なら誰でも興奮するよ」

丈太郎は答え、洋介には気の毒だが、自分が唯一の男になれて本当に良かったと思った。

もし奴が生きていたら、完全に全員を独占していることだろうし、そもそも丈太郎は呼ばれなかったに違いない。そして丈太郎よりもアウトドアに慣れ、率先して彼女たちの力になっていたのだろう。

「そう、私はともかく、みんな美人だしね」

「香澄ちゃんだって、すごく魅力的だよ」

「それなら、亜紀にしたのと同じようにして」

香澄が言い、添い寝して仰向けになった。

彼は身を起こし、身を投げ出している香澄の肌を見下ろした。

肌は健康的な小麦色で、運動から離れてだいぶ経つだろうに、引き締まった腹には筋肉が浮かんでいた。陸上で鍛《きた》えた太腿は逞《たくま》しく、丈太郎より力がありそうだった。

香澄の肌からは、生ぬるく甘ったるい汗の匂いが立ち昇っている。

夜は不安なので入浴は朝にするようになったから、今日は一日分の体臭が沁み付いているようだ。

乳房は形良く張りを持って息づき、股間の翳《かげ》りは淡く、香澄はうっすらと目を閉じて愛撫を待っている。

丈太郎は屈み込み、そっと唇を重ね、舌を挿《さ》し入れていった。

頑丈そうな歯並びを舐めると歯が開かれ、侵入すると滑らかに舌がからみついてきた。

彼は生温かな唾液に濡れて蠢く舌を舐め回し、熱い息で鼻腔を湿らせながら、そろそろと乳房に触れ、指の腹でクリクリと乳首をいじった。

「アア……」

香澄が口を離して喘いだ。

口から吐き出される息は熱く湿り気があり、まるでイチゴかリンゴでも食べたあとのように、濃い果実臭が含まれて鼻腔が刺激された。

若い子は、みな甘酸っぱい匂いがするようだ。

嗅ぐたびに胸が満たされ、その刺激が心地よくペニスに伝わった。

そして彼は香澄の首筋を舐め下り、乳首にチュッと吸い付いて舌で転がし、顔中で張りのある膨《ふく》らみを味わった。

左右の乳首を交互に含んで舐め回し、腋の下にも鼻を埋めると、生ぬるく甘ったるい汗の匂いが感じられた。

香澄はくすぐったそうに悶《もだ》えながらも、されるままじっとしていた。

丈太郎は張りのある肌を舐め下り、段々になった腹筋をたどり、亜紀にしたように腰から脚を舐め下りていった。

足首まで行って足裏に回り、舌を這《は》わせて指の間に鼻を割り込ませて嗅ぐと、亜紀では感じられなかった汗と脂の湿り気と、蒸れた匂いが感じられた。

彼は嬉々《きき》として一年生の足の匂いを貪り、爪先にしゃぶり付いて順々に指の股にヌルッと舌を潜り込ませて味わった。

「あう……、汚いのに……」

香澄がビクリと反応して呻いたが、拒みはしなかった。

やがて両足とも味と匂いを貪り尽くすと、彼はいったん顔を上げて香澄をうつ伏せにさせた。

そして踵《かかと》からアキレス腱《けん》、張りのある脹《ふく》ら脛《はぎ》から汗ばんだヒカガミ、太腿から尻の丸みを舐め上げた。谷間は後回しにし、腰から滑らかな背中を舐めると、淡い汗の味がした。今は皆ジャージと下着代わりのTシャツだけで、ノーブラのためホックの痕《あと》はない。

背中はかなりくすぐったく感じるようで、

「ああ……」

香澄は顔を伏せて喘いだ。

肩まで行ってショートカットの髪に鼻を埋めて嗅ぐと、甘い匂いが籠もっていた。耳の裏側にも蒸れた匂いが籠もり、彼は執拗に嗅いで舌を這わせた。

再び背中を舐め下り、たまに脇腹にも寄り道して尻に戻ってきた。

うつ伏せのまま股を開かせ、丈太郎は枕元にあったスマホを手にし、ライトを点けてから腹這いになって尻に迫った。

両の指でムッチリと谷間を広げると、何やら大きな果実でも二つにするような感じだ。

谷間の奥には、薄桃色の蕾がひっそり閉じられ、灯りを恥じらうように細かな襞を収縮させていた。

彼は鼻を埋め、弾力ある双丘に顔中を密着させて蕾を嗅ぐと、蒸れた微香が悩ましく籠もっていた。

舌を這わせて襞を濡らし、ヌルッと潜り込ませて滑らかな粘膜を探ると、

「あう……」

香澄が呻き、キュッと肛門で舌先を締め付けてきた。

粘膜は淡く甘苦い味が感じられ、彼は舌を出し入れさせるように動かした。

「そ、そこダメ……」

香澄が言い、刺激を避けるように再び寝返りを打ってしまった。

彼も素直に顔を離し、彼女の片方の脚をくぐって開かれた股間に顔を寄せた。

ムチムチと張りのある内腿を舐め上げ、割れ目に迫って照らすと、恥毛が程よい範囲に煙り、割れ目からはみ出した陰唇は縦長のハート型をしていた。

指を当てて広げると、ピンクの柔肉はヌラヌラと潤い、膣口が襞を震わせて息づいていた。

小さな尿道口も見え、クリトリスは亜紀より小さいが、それでも小指の先ほどもあってツンと突き立ち、鈍い光沢を放っている。

堪らずに顔を埋め込み、柔らかな茂みに鼻を擦りつけて嗅ぐと、汗とオシッコの匂いに、ほんのり淡いチーズ臭も混じって鼻腔を刺激してきた。

丈太郎はナマの匂いにゾクゾクと興奮を高め、鼻腔を満たしながら舌を這わせていった。

膣口の襞を掻《か》き回し、クリトリスまでゆっくり舐め上げていくと、

「アア、いい気持ち……」

香澄が喘ぎ、内腿でキュッときつく彼の両頬を挟み付けてきた。

チロチロと舐め回すと潤いが増し、引き締まった下腹がヒクヒクと波打った。

舐めながら指を膣口に挿し入れると、豊富な潤いで指は滑らかに潜り込んでいった。

そして内壁を小刻みに擦り、天井にあるGスポットの膨らみも探りながらクリトリスを吸うと、

「い、いきそう、ダメ……」

香澄が身を起こして言い、彼を股間から追い出しにかかった。

どうやら挿入前に果てるのが惜しいようだった。仕方なく彼も舌を引っ込め、指を引き抜いて身を起こすと、香澄が屈み込み、屹立《きつりつ》した肉棒にしゃぶり付いてくれた。

「ああ……」

股間に熱い息を受けながら彼は喘ぎ、吸引と舌の蠢きにヒクヒクと幹を震わせて高まった。それでも愛撫というより、ペニスを唾液に濡らしただけで彼女は口を引き離した。

「入れて、亜紀にしなかった体位で……」

「じゃ四つん這《ば》いになって」

対抗意識なのか、香澄が言うので丈太郎も彼女に言った。

香澄は素直に四つん這いになり、顔を伏せて白く形良い尻を突き出してきた。

彼は膝を突いて股間を進め、バックから膣口にヌルヌルッと挿入していった。

「あう……」

香澄が顔を伏せて呻き、白い背を反らせて尻をくねらせた。

股間に彼女の尻が密着し、心地よく弾んだ。膣内の締め付けもきつく、彼は快感に包まれたが、ここで果てる気はない。

今日は朝から三回射精しているのだ。もちろんオナニーですら日に四回ぐらい射精するし、相手が変わるのだから欲望は満々だが、それでも暴発の心配はなさそうだった。

丈太郎はバックの感触を味わい、背に覆いかぶさると両脇から回した手で両の乳房を揉みしだいた。

何度か動くと快感が沸き上がるが、やはり顔が見えないのは物足りないし、唾液や吐息も味わいたかった。

やがて身を起こし、丈太郎はバックを体験しただけでヌルッと引き抜いた。

「ああ……」

中断され、香澄が不満げに声を洩らした。

「横になって」

言うと彼女が横向きになったので、今度は松葉《まつば》くずしを体験した。

上になった彼女の脚を持ち上げ、下の内腿に跨がり、挿入しながら上の脚に両手でしがみついた。

「あう、すごいわ……」

香澄が横向きで呻き、クネクネと腰を動かした。互いの股間が交差しているので密着感が増し、膣の感触だけでなく擦れ合う内腿も心地よかった。

ここでも彼は何度か動いてから引き抜き、香澄を仰向けにさせた。

最後は亜紀にもした正常位で、股を開かせて股間を進め、一気に根元まで貫いていった。

股間を密着させ、脚を伸ばして身を重ねると、

「も、もう抜かないで……」

香澄が下から両手を回し、きつくしがみついて言った。

頑丈そうだから彼は遠慮無く身を預け、膣内の温もりと感触を味わいながら、胸の下で押し潰れる乳房の弾力を味わった。

徐々に腰を突き動かしながら、上からピッタリと唇を重ねると、

「ンン……」

香澄が熱く呻き、合わせるようにズンズンと股間を突き上げはじめた。

溢れる愛液で律動が滑らかになり、次第に互いのリズムが一致するとピチャクチャと淫らに湿った摩擦音が聞こえてきた。

彼は果てそうになると動きを弱め、また呼吸を整えて動いた。

丈太郎も、四人目を知ることで自身の成長が感じられるようだった。

「アア、いきそうよ、もっと強く……」

口を離し、収縮を繰り返しながら香澄がせがんだ。やはり頑丈な彼女は激しい方が好みのようだった。

いつしか股間をぶつけるように突き動かし、彼は香澄の喘ぐ口に鼻を押し込んで嗅ぎ、熱く甘酸っぱい吐息で胸を満たしながら高まった。

そして、いよいよ限界が迫ってくると、先に香澄が反応した。

「い、いく……、気持ちいい、アアーッ……！」

声を上ずらせて喘ぐなり、ガクガクと狂おしいオルガスムスの痙攣を開始したのだ。

膣内の収縮も最高潮になり、粗相《そそう》したように大量に溢れる愛液で互いの股間が熱くビショビショになった。

その収縮に巻き込まれるように、続いて丈太郎も昇り詰めた。

「く……！」

突き上がる大きな絶頂の快感に呻き、ありったけの熱いザーメンをドクンドクンと勢いよく柔肉の奥にほとばしらせた。

「あう、感じる……！」

噴出を受け止めた彼女は、駄目押しの快感を得たように呻き、さらに収縮と締め付けを強めた。時には彼を乗せたままブリッジするように反り返り、彼は暴れ馬にしがみつくように、抜けないよう懸命に股間の動きを合わせた。

心置きなく最後の一滴まで出し尽くすと、彼はすっかり満足し、徐々に動きを弱めていった。

「アア……、良かった……」

すると香澄も声を洩らし、全身の強ばりを解いて力を抜くと、グッタリと身を投げ出していった。

まだ名残惜しげな収縮に刺激され、彼自身は内部で過敏にヒクヒクと跳ね上がった。

「も、もうダメ……」

香澄も敏感になっているように口走り、幹の震えを押さえるようにキュッときつく締め付けてきた。

彼はもたれかかり、濃厚な果実臭の吐息を胸いっぱいに嗅ぎながら、うっとりと快感の余韻に浸り込んでいったのだった……。

——ジャージを着て、少々フラつきながら香澄が部屋を出て行った。

それを見送り、丈太郎はスマホの灯りを消し、力を抜いて手足を投げ出した。

(信じられないけど、みんなとセックスできたんだ……)

彼は感慨を込めて思い、心地よい疲労でぐっすり眠れそうだった。

どの子が一番ということはなく、みな魅力的だ。強《し》いて言えば、初体験の亜紀が最も印象的で、さらに出来ることなら真貴子や、熟《う》れた百合子ともしてみたいと思ったが、それは叶うことではない。

とにかく生き残った彼女たち、四人全員としてしまったのだ。

丈太郎にしてみれば、三人の死さえなければ、人生で最も幸福で充実した一昼夜である。

しかし、その明け方に、また新たな異変が起きてしまったのだった……。

第四章　発情した牝《めす》の群れ

1

「百瀬君、亜紀は来ていない？　姿が見えないのよ！」

いきなり丈太郎の部屋に、千恵里が飛び込んできて言った。

その騒《さわ》ぎに、美雪と香澄も出て来て部屋に入って来た。

目を覚まして起き上がった丈太郎がスマホの時計を見ると、やはりまだ明け方前で外は暗かった。

「い、いつから……」

丈太郎はベッドを下り、彼女たちの部屋を覗《のぞ》いてみた。

彼女たちの混じり合った生ぬるい体臭が感じられたが、今は欲情している場合ではない。何しろ、初体験の大切な相手がいなくなったのだ。

「分からないわ。ゆうべは並んだベッドに寝て、私も眠ってしまったから。さっきふと目が覚めたら亜紀のベッドが空《から》だったの。今トイレも見てきたところ」

千恵里の声を聞きながら、皆で二階を全て確認したが、亜紀はいない。

どうせもう寝られないだろうし、間もなく夜明けだから皆で階下へ下りることにした。

そして百合子の部屋の懐中電灯を取り、灯りを点《つ》けると、千恵里がリビングのキャンドルと石油ストーブに火を点けた。

さらに皆で一階のトイレとバスルーム、納戸《なんど》からキッチンまで見て回ったが亜紀の姿は発見できなかった。

「亜紀ちゃん！」

声を掛けたが、どこからも返事はない。

「一人でどこかへ行くとも思えないし……」

丈太郎はキッチンの勝手口も開けて外も見てみたが、収穫はなかった。もう小雨になり、真貴子の遺体は洪水に流されかかっていたが、まだそこには無残な姿があった。だが周囲に、亜紀らしきものはない。

仕方なく、四人は嘆息《たんそく》して顔を見合わせた。

「明るくなったら、小屋と車を見てくる。洪水も昨日をピークに水が引きはじめているみたいだ」

丈太郎が言い、千恵里がスマホを確認しても、何人かの知り合いに送ったメールの返信は来ていないようだ。

「どうしちゃったの……」

「とにかく、落ち着くしかないよ」

丈太郎は言い、洗面所へ行って顔を洗い、口だけすすいでからリビングのソファに戻り、皆も揃《そろ》った。

誰もが、『そして誰もいなくなった』を思い浮かべているだろうが、口に出すものはいなかった。

千恵里が湯を沸《わ》かし、コーヒーを淹《い》れ、香澄も手伝ってテーブルに運んだ。とても、まだ朝食の仕度《したく》をする気にはなれないようだ。

熱いコーヒーをすすりながら、丈太郎は頭の中を整理した。

昨夜、自分の部屋から香澄が去っていったのが、八時過ぎ。

香澄もしばらくは起きていただろうが、何の物音も聞いていないようだ。

香澄と同室の美雪は、すぐに眠り込んでしまったらしい。

あるいは亜紀は、丈太郎と香澄のセックスを覗き見てしまい、気分を害してどこかへ行ってしまったのではないだろうか。

有り得ないことではないが、この状況でとても一人で外へ行くとは思えない。

ここは、美雪の言うように、姿の見えない鬼が亜紀を掠《さら》ったのかも知れないが、そんなことが起こるのだろうか。

やがて夜が明けたか、窓から見ると鉛《なまり》色の雲が徐々に動いていた。

車は無事で、小屋も多少浸水したようだが、濡《ぬ》れたのは段ボール箱の一番下の段だけで済んだはずだ。もっとも洋介と百合子、二人の遺体は、相当泥水に浸《つ》かったことだろう。

「こうしていても仕方がない。車と小屋に行ってくる。もう傘なしで大丈夫そうだから」

「私も行くわ」

丈太郎が言うと、度胸のある香澄が言う。昨夜交《まじ》わって、やはりどこか特別な関係でいたいのかも知れない。

「じゃ、私たちは朝食の仕度をするわね」

気を取り直した千恵里が言い、美雪も立ち上がった。

丈太郎は車と小屋、二つのキイと懐中電灯を手にし、自分のスマホのライトは香澄に持たせて玄関を出ると、すぐに美雪が施錠した。

空は雲が流れ、小雨も間もなく止《や》みそうだった。

二人は走り、まずは二台の車の中を見て、乗用車のトランクも確認した。トランクには、青いコートが突っ込まれているだけだ。

「ヒッ……」

「ああ、昨日千恵里さんと発見したんだが、皆には言わなかった」

血まみれのコートを見て息を呑《の》む香澄に言うと、ワゴンの方も見てみた。

車は、どちらも異常はない。

気は重いが、小屋も見なければならない。

ロックを外してドアを開けると、水も引いて、洋介と百合子の無残な遺体が散乱しているだけだった。

他の部分の床を照らしてみたが、亜紀の姿はない。

どうせ来たのだからと、二人でペットボトルと携帯食料の段ボールを抱え、元通りドアを施錠してペンションに駆け戻った。

窓から見ていた美雪がすぐに開けてくれ、二人は中に入り、また厳重に内側からロックした。

「何も異常はなかった。一体どこへ行ったんだろう……」

段ボールを置き、丈太郎は言ってソファに戻った。どこへ行ったと言うより、掠われたと言うべきだろうが、その言葉は使いたくなかった。

やがて朝食の仕度が出来たので、みな食欲はないが無理にでも腹に詰め込みはじめた。

今日も野菜炒めやスープばかりで飽きてきたが、その野菜も、そろそろ尽きる頃だろう。

ハムなどの肉はあるが誰も食べたくないようで、クッキーなどの携帯食料ならまだ豊富にある。

そして味気ない食事と洗い物を終えると、風呂が沸いているようだ。

「気が変になりそうだわ。ね、残った四人で一緒にお風呂に入りましょう。何かしていないと……」

千恵里が言う。

どうやら、丈太郎も一緒に入って良いらしい。

四人揃っている方が安心だし、この三人もすでに、全員が丈太郎と関係していることを知っているようなのだ。

そうなると、もう自分は三人の共有物ということになるのかも知れない。

確かに、気を紛《まぎ》らせるには快楽に溺《おぼ》れるしかないのである。

四人で洗面所へ行き、ためらいなく全裸になってバスルームに入った。

「これ、膨らませたのよ」

美雪が言い、洗い場に置かれているビニール製の筏《いかだ》を指した。湯船に浮かべるというより、洗い場でのんびり横になれそうだ。

彼は全裸で筏のクッションに仰向けになり、勃起したペニスを晒《さら》した。

「ね、洗って匂《にお》いを消す前に、三人を味わってみたい」

彼が興奮に胸を高鳴らせて言うと、三人が取り囲んできた。

大切な亜紀が行方不明だというのに、丈太郎こそ、快楽で気を紛らせたくなっていたのだった。

三人も、勃起したのを見て、異常に目をキラキラさせてきた。

「匂いって、どこを？」

姉貴分の千恵里が言って彼に迫った。

「足の裏から……」

「こう？」

息を弾《はず》ませて言うと、千恵里が頭の方に立ち、そっと片方の足を浮かせ、彼の顔に足裏を乗せてくれた。すると、美雪と香澄も顔の左右に立ち、三人で体を支え合いながら足裏を押し当ててきた。

「ああ……」

丈太郎は興奮に喘《あえ》ぎ、真下から全裸の三人を見上げながら、それぞれの足裏を舐《な》め回した。

さらに順々に指の間に鼻を割り込ませて嗅《か》ぐと、みな指の股《また》は汗と脂に生ぬるく湿り、ムレムレの匂いが濃厚に沁《し》み付いていた。

似たような匂いだが、三人分となると悩ましく鼻腔《びこう》が刺激され、彼は順番に爪《つま》先《さき》をしゃぶり、指の間に舌を挿《さ》し入れて味わった。

「あう、くすぐったいわ……」

香澄がはしゃぐように言い、三人とも、この異常事態で普通ではなくなっているようだった。嫉妬《しっと》も独占欲もなく、女三人が一人の男を快楽の道具として共有しはじめているのだ。

彼女たちは、自分から足を交代してくれ、丈太郎も新鮮に蒸《む》れた味と匂いを貪《むさぼ》り尽くした。

「じゃ、顔にしゃがんで……」

口を離して言うと、やはり三年生の千恵里が真っ先に彼の顔に跨《また》がり、和式トイレスタイルでしゃがみ込んできたのだった。

2

「ああ、恥ずかしいけど、変な気持ち……」

丈太郎の顔に股間を迫らせた千恵里が、M字にさせた脚をムッチリと張り詰めさせて声を震わせた。

やはり一対一ではなく、他に同性が二人もいるので気分が違うのだろう。

すると待つ間、美雪と香澄が屈み込んで、自分たちがされたように彼の両足にしゃぶり付いてきたのだった。

「く……」

丈太郎は美女たちに爪先をしゃぶられ、生温かなヌカルミでも踏んでいるような気になり、申し訳ないような快感に呻《うめ》いた。

そして千恵里の茂みに鼻を埋めて嗅ぐと、柔らかな恥毛の隅々には濃厚に蒸れた汗とオシッコの匂いが籠《こ》もり、悩ましく鼻腔を刺激してきた。

ナマの匂いに接し、彼は胸を震わせながら匂いを貪り、舌を這わせていった。

バスルームなので千恵里はメガネを外しており、切れ長の目が丈太郎を見下ろしている。

彼は何やら、初対面の見知らぬ美女に跨がられているような気になった。

息づく膣口《ちつこう》は大量の愛液が漏れ、彼は舌の動きを滑《なめ》らかにさせながら淡《あわ》い酸味のヌメリをすすった。

柔肉をたどりクリトリスまで舐め上げていくと、

「アア……、いい気持ち……」

千恵里が熱く喘ぎ、思わずギュッと彼の顔に座り込んできた。

その間も、美雪と香澄が彼の両足の、全ての指の股に舌を割り込ませていた。

充分にクリトリスを舐め回し、愛液をすすってから彼は白く形良い尻の谷間に潜り込んだ。

顔中に弾力ある双丘を受け止め、谷間の蕾《つぼみ》に鼻を押し付けた。

蒸れた微香が籠もり、彼は胸を満たしてから舌を這わせ、ヌルッと潜り込ませて滑らかな粘膜を味わった。

「あう……」

千恵里が呻き、モグモグと肛門《こうもん》を収縮させて舌先を締め付けた。

すると美雪と香澄が爪先から口を離すと丈太郎を大股開きにさせ、左右の脚の内側を舐め上げてきたのだ。

やがて千恵里の前も後ろも味と匂いを貪り尽くすと、彼女が自分から股間を引き離し、

「交替よ」

言って移動した。すると順番からして二年生の美雪が彼の顔に跨がり、しゃがみ込んできたのだ。

彼は美雪の腰を抱き寄せ、茂みに鼻を埋めて、隅々に籠もったナマの匂いを貪った。汗と残尿臭にほのかなチーズ臭も混じり、鼻腔が刺激的に掻《か》き回された。

舌を這わせてヌメリを味わい、大きめのクリトリスに吸い付くと、

「アアッ……！」

美雪が熱く喘ぎ、ヌラヌラと生ぬるい愛液を漏らしてきた。

すると千恵里と香澄が彼の股間に迫り、両脚を上げて代わる代わる尻の谷間を舐めてくれたのだ。

「く……」

どうやら千恵里の舌がヌルッと潜り込み、丈太郎は呻きながら、キュッと肛門で美女の舌先を締め付けた。内部で舌が蠢くと、まるで内側から刺激されるように勃起したペニスがヒクヒクと上下した。

千恵里が舌を離すと、すかさず香澄も舌を這わせ、潜り込ませてきた。

立て続けだと、二人の温もりや感触の微妙な違いが分かり、そのどちらにも彼は激しく反応した。

さらに二人は彼の脚を下ろし、内腿を舐め、たまにキュッと甘く歯を立てながら中心部に迫った。股間に息が混じり合い、二人は頬を寄せ合って同時に陰嚢《いんのう》を舐め回し、それぞれの睾丸《こうがん》を転がした。

丈太郎は美雪の割れ目の味と匂いを堪能してから、やはり尻の真下に潜り込み、レモンの先のように僅《わず》かに突き出た蕾に鼻を埋め、悩ましい匂いを貪ってから舌を這わせて潜り込ませた。

「あう……」

美雪が呻き、肛門で舌先を締め付けながら、割れ目からは新たな蜜《みつ》を漏らして彼の鼻先を生ぬるく濡らした。

やがて美雪の前も後ろも味わうと、彼女が股間を引き離し、香澄が交替して跨がってきた。

しかも香澄は、シックスナインの体勢で割れ目を押し付け、女三人が彼の股間で顔を突き合わせる形となったのだ。

丈太郎は潜り込んで香澄の茂みに蒸れた匂いを嗅ぎ、濡れている割れ目を舐め回した。二人に負けないほど香澄も大量の愛液を漏らし、

「アア……」

クリトリスを舐められて熱く喘いだ。

そして三人は、とうとうペニスに舌を這わせてきたのだ。千恵里は裏側を舐め上げ、美雪は側面、香澄はカリ首を舐め回した。

三人分の熱い息が彼の股間に籠もり、彼女たちは同性の舌が触れ合っても全く構わないようだった。まるで美しい三姉妹が、一本のキャンディを舐め合っているようである。

さらに三人は交互に亀頭をしゃぶり、呑み込んで吸い付いてはスポンと離し、すぐに交替していく。

「く……」

丈太郎はトリプルフェラに絶頂を迫られて呻き、ヒクヒクと幹を震わせた。

もう誰に含まれているかも分からず、三人分の唾液に温かくまみれたペニスは暴発間近にまで高まった。

彼は香澄の愛液をすすり、伸び上がって尻の谷間に鼻を埋めて蒸れた微香を貪り、舌を這わせて潜り込ませた。

「ンンッ……」

ちょうど亀頭を含んでいた香澄が呻き、チュッと強く吸い付いてきた。

「い、いく……、アアッ……！」

とうとう彼は三人がかりの舌遣いに降参し、喘ぎながら激しく昇り詰めてしまった。

含んでいた香澄の喉《のど》の奥を直撃し、反射的に口を離すと、美雪がチロチロと尿道口を舐め回し、さらに千恵里が含んで余りを全て吸い取ってくれた。

「く……！」

彼は香澄の股間を間近に見上げながら、最後の一滴まで出し尽くして呻いた。

三人はなおも顔を寄せ合って舌を這わせ、ザーメンを全て綺麗《きれい》にしてくれた。

もちろん香澄も、口に飛び込んだ濃い第一撃を飲み込んでしまったようだ。

「も、もう、どうか……」

いつまでも三人にしゃぶられ、丈太郎は過敏になった幹をヒクヒク震わせ、腰をよじらせながら降参した。

ようやく三人も顔を上げ、チロリと淫《みだ》らに舌なめずりした。

「飲んだの久しぶり」

「嫌じゃなかったわ……」

彼女たちが顔を見合わせて言い、満足げに萎《な》えてゆくペニスを見てから、彼の顔の方に向き直った。

「ね、どうすれば回復するかしら」

千恵里が言うと、余韻《よいん》を味わって呼吸を整えた丈太郎は、ノロノロと身を起こした。もちろん一回の射精で満足するわけはないし、美女が三人もいるのだから欲望は無尽蔵《むじんぞう》に湧《わ》いてきそうである。

「立って、囲んで……」

彼が座ったまま言うと、三人は立ち上がり、彼を取り囲んでくれた。

そして丈太郎は、三人の股間を顔に引き寄せた。

香澄と美雪が、彼の左右の肩を跨いで股間を突き出し、正面からは千恵里が立って割れ目を寄せてきた。

前と左右に三人の股間が迫り、彼は順々に恥毛に鼻を埋めて微妙に異なる性臭を貪った。

「オ、オシッコ出してみて……」

彼は思わず、以前から抱いていた願望を口にしてしまった。

「まあ、浴びたいの？　変態ね」

千恵里は言いながらも、興奮に弾む息を詰め、下腹に力を入れて尿意を高めはじめてくれた。それを見た二人も、同じように力みはじめた。

期待と興奮に、射精直後の彼自身がムクムクと回復していった。

順々に割れ目を舐めたが、まだ愛液の味わいだけで、そうすぐに出ないのも無理はないだろう。

千恵里の割れ目を舐めていると、柔肉の奥が迫り出すように盛り上がり温もりと味わいが変化してきた。

「あう、出るかも……」

千恵里が言うなり、チョロチョロと熱い流れがほとばしってきた。

口に受けると、味も匂いも淡いもので、薄めた桜湯のような感じだった。

だから飲み込むにも抵抗が無く、彼は温もりで胸を満たした。

「出ちゃう……」

美雪が言って放尿を開始し、香澄の割れ目からもポタポタと熱い雫《しずく》が滴《したた》り、間もなく一条の流れとなって彼の左右の頬《ほお》に注《そそ》がれてきた。

彼はそれぞれに顔を向けて舌に受け、全身に浴びながら陶然《とうぜん》となった。回復したペニスも温かく浸され、いつしかピンピンに勃起していた。

みな同じものを食べているせいか、淡い味も匂いも似かよっていたが、それでも三人分となると濃厚に混じり合って鼻腔が刺激され、肌を伝い流れる温もりが何とも心地よかった。

「アア、変な気持ち……」

美雪が喘ぎ、やがて順々に流れが収まってゆき、彼は滴る雫をすすり、残り香《のこりが》の中で三人分の割れ目を舐め回した。

たちまち三人とも残尿を洗い流すように新たな愛液を漏らし、柔肉は淡い酸味のヌメリに満ちていった。

3

「じゃ、順々に入れるから、なるべく長く我慢してね」

千恵里が言うと、丈太郎は再び筏《いかだ》クッションに仰向けになった。

「私、すぐいっちゃいそうです……」

「じゃ香澄から跨がりなさい」

千恵里が言うと、すぐにも香澄は彼の股間に跨がり、回復した先端に割れ目を押し当て、ゆっくり腰を沈めて受け入れていった。

ヌルヌルッと根元まで嵌め込むと、

「アア……、いい気持ち……」

香澄が顔を仰《の》け反《ぞ》らせて喘ぎ、味わうようにキュッキュッと締め上げてきた。

丈太郎も興奮はしているが硬度を保ったまま、まだ暴発の気遣いは必要なかった。

香澄が密着した股間を擦《こす》り付けるように動かしはじめると、引き締まった腹筋がヒクヒクと息づいた。

彼は左右にいる二人を抱き寄せ、それぞれの乳首を順々に吸った。

さらに香澄も身を重ねてきたので、潜り込んで左右の乳首を味わい、彼は三人分の乳首と膨らみを味わったのだった。

もちろんそれぞれの腋《わき》の下にも鼻を埋め、蒸れて甘ったるい汗の匂いも順々に嗅ぎまくり、混じり合った体臭でうっとりと胸を満たした。

何という贅沢《ぜいたく》な快感であろうか。

彼は夢のような心地よさの中でズンズンと股間を突き上げると、

「い、いっちゃう……、アアーッ……！」

香澄が膣内を収縮させて声を上ずらせ、粗相《そそう》したように大量の愛液を漏らしながらガクガクとオルガスムスの痙攣《けいれん》を起こした。

彼は巻き込まれることなく、射精しないまま香澄が静かになるのを待った。

「ああ……、良かった……」

香澄がグッタリともたれかかって言い、次のために股間を引き離すとゴロリと横になっていった。

「いいわ、美雪」

千恵里が言うと、美雪が跨がってきた。

若い順らしく、千恵里はラストを締めくくりたいようだ。

美雪は、湯気が立つほど香澄の愛液にまみれている先端に割れ目を押し付け、位置を定めて座り込んできた。

ヌルヌルッと滑らかに根元まで納めると、

「アアッ……！」

美雪がぺたりと座り込み、顔を仰け反らせて喘いだ。中は熱く濡れ、香澄と同じぐらい締まりが良かった。

美雪は上体を反らせたまま、グリグリと股間を擦り付け、彼は左右から千恵里と香澄の顔を胸に引き寄せた。

「舐めて……」

言うと、二人も熱い息で肌をくすぐりながら、彼の左右の乳首を舐め回し、チュッと吸い付いてくれた。

香澄は、まだ余韻から覚めていないだろうに、チロチロと舌を這わせ、その間も美雪が徐々にリズミカルに股間を上下させはじめていた。

「噛《か》んで……」

言うと二人もキュッと丈太郎の乳首に歯を立ててくれ、彼はその甘美な刺激にゾクゾクと興奮を高めていった。

次第に美雪の動きが激しくなると、収縮と肉襞《にくひだ》の摩擦でいよいよ彼も危うくなってきたが、その前に美雪が絶頂に達した。

「き、気持ちいい……、アアッ……！」

硬直した肌をヒクヒク震わせて喘ぎ、美雪は狂おしいオルガスムスの痙攣を開始した。

吸い付くような膣内の締め付けにも堪《た》え、やがて美雪がグッタリともたれかかってくるまで何とか彼も保つことが出来た。

「ああ、良かった……」

美雪が息も絶えだえになって言い、そっと股間を引き離してゴロリと添い寝してきた。

最後に千恵里が身を起こして彼の股間に跨がり、一気に根元まで膣内に受け入れていった。

「あう、いい……！」

滑らかに嵌め込むと、千恵里は快感を嚙み締めて呻きながら股間を密着させ、すぐにも身を重ねて覆いかぶさってきた。

そして徐々に彼女が腰を遣いはじめ、上からピッタリと唇を重ねてきたので、丈太郎は左右にいる二人の顔も引き寄せた。

するとニ人も、心得たように左右から顔を割り込ませ、舌を伸ばしてきたのである。

彼は、左右と正面から迫る三人の美女の舌を同時に舐め回し、彼女たちもチロチロと蠢かせてくれた。

混じり合った唾液が口に流れ込み、彼はうっとりと喉を潤《うるお》して酔いしれた。

三人が熱く吐き出す吐息で彼の顔中が湿り、ミックスされた匂いが鼻腔を掻き回した。

三人の吐息は甘酸っぱく、またシナモン臭も含まれ、これも三人分だからか濃厚に鼻腔が刺激された。

丈太郎は三人分の舌を舐め回し、唾液をすすりながらズンズンと股間を突き上げはじめた。

「アア……、擦れて気持ちいいわ……」

千恵里が熱く喘ぎ、合わせて腰を遣った。リズミカルな律動が繰り返されるたび、二人の接点からクチュクチュと湿った音が聞こえてきた。

「舐めて……」

さらに丈太郎がせがむと、三人は彼の鼻から頬、耳の穴までヌラヌラと舌を這わせてくれた。それは舐めるというより、吐き出した唾液を舌で塗り付ける感じで、たちまち丈太郎の顔中は三人分のミックス唾液でヌルヌルにまみれ、悩ましい匂いが鼻腔を刺激した。

もしこの三人が鬼だったら、このまま食べられても構わない気にさえなり、いよいよ彼は絶頂に迫っていった。

「い、いく……、アアッ……！」

とうとう昇り詰めてしまい、彼は喘ぎながら大きな快感に全身を包まれた。

同時に、ありったけの熱いザーメンがドクンドクンと勢いよくほとばしって柔肉の奥深くを直撃すると、

「か、感じる……、ああーッ……！」

噴出でオルガスムスのスイッチが入ったように千恵里が喘ぎ、ガクガクと狂おしい痙攣を繰り返しはじめた。

丈太郎は、三人のかぐわしい口に鼻を擦りつけ、濃厚な吐息と唾液の匂いに酔いしれながら、心ゆくまで贅沢な快感を嚙み締め、最後の一滴まで出し尽くして

いった。

すっかり満足しながら徐々に突き上げを弱めていくと、

「アア……」

千恵里も声を洩らし、肌の硬直を解きながら力を抜いて、グッタリともたれかかってきた。

まだ膣内が名残惜しげにキュッキュッと締まり、刺激されたペニスが内部でヒクヒクと過敏に跳ね上がった。

「あう、もう充分……」

千恵里も敏感になっているように呻き、キュッときつく締め上げてきた。

丈太郎は完全に動きを止めて四肢《しし》を投げ出し、三人分の温もりに包まれ、混じり合った吐息を嗅ぎながら、うっとりと余韻を味わったのだった。

呼吸を整えると、千恵里がノロノロと身を起こして股間を離し、全員がシャワーの湯を浴びてから、順々に湯に浸かった。

そして身体を拭いて着替えた。

「どうする？」

「少し眠りたい……」

「そうね、夕食まで休みましょうか」

確かに、今朝は亜紀の行方不明で早起きしてしまったし、起きていてもすることはないので、昼間だが四人は二階へ上がり、それぞれベッドに横になって仮眠を取ることにしたのだった。

4

「野菜がなくなったわ。デザートの果物も、今日ある分が最後」

夕方、食事の仕度を終えた千恵里が言った。

みな起きだし、四人はリビングに集まっていた。

亜紀の姿は全く見えないし、誰からもメールの返信はない。

千恵里と美雪が、刻み野菜のコンソメスープと果物を持って並べた。

停電で炊飯器は使えないが、米はあるので、調味料だけでピラフぐらいは作れるだろう。

そろそろ感覚も麻痺《まひ》しているので、ハムぐらい混ぜても大丈夫ではないか。

水も携帯食料も辛《かろ》うじてまだ少しあるので籠城《ろうじょう》は続けられるが、さすがに誰もが言葉少なになっていた。

食事は、ブランチと早めの夕食で日に二食だが、それでも空腹感は無い。

三人が諍《いさか》いを起こすようなこともなく、男一人の丈太郎は、真貴子の死と亜紀の行方不明は心に重くのしかかっているものの、それ以上にバスルームでの4Pの衝撃と興奮がまだくすぶっていた。

あんな体験は、世界中で自分一人ではないかとさえ思えた。

ただあれは一度きりのカーニバルのようなもので、やはりセックスは一対一で密室の方が淫靡《いんび》で良い。第一、いつも複数を相手にしていたら身体が保たないだろう。

雨はようやく収まったようなので、明日にでも車で崖崩れの様子を見に行こうと思った。

やがて日が暮れ、夕食と洗い物を済ませると、みな歯磨きをしてから二階へと上がっていった。

先に三人が上がり、最後に丈太郎が消したストーブやキャンドルを確認し、戸締まりを見て回ってから階段を上がっていくと、

（え……？）

彼は足を停め、ビクリと硬直した。
何と上がり口の引き戸が閉ざされ、鈎型《かぎがた》のロックが掛けられていたのである。
(誰が一体……)
中の三人は、まだ二階に閉じ込められたことに気づいていないらしい。
彼がロックを開けようとすると、階下から声がかかった。
「開けないで、こっちへ来て」
聞き覚えのある女性の声に立ちすくみ、丈太郎は言われた通りロックはそのまま
まに、そろそろと階段を下りていった。
すると暗い廊下《ろうか》に、白い人影が立っている。
(まさか、あれは……)
丈太郎は目を疑った。
彼女は踵《きびす》を返して奥へと進み、彼も吸い寄せられるように従った。
やがて二人は百合子の部屋に入り、吊《つる》した懐中電灯が点けられた。
「ゆ、百合子さん……、どうして……?」
丈太郎は目を見開き、笑みを浮かべて立っているペンションのオーナーを見て
言った。

幽霊ということはないだろう。ちゃんと脚もあるし、清楚《せいそ》なブラウスにスカート姿で、ほんのりと甘い匂いも漂っている。

「小屋にあった死体は……」

「あんなものは、あの男と美人先生の余りの肉を、私のパジャマやカーディガンと一緒に置いただけ」

「では、百合子さんが犯人……」

「犯人だなんて。私は本能に目覚めた鬼の一族よ」

百合子が言い、ベッドに腰掛けて彼を手招きした。

丈太郎も、恐ろしかったが聞きたいことは山ほどあるので、そろそろと近づいて隣に座った。

「あ、亜紀ちゃんはどこに……」

「心配してくれて有難《ありがと》う。あの子は一時的に姿を消しているだけ」

「そ、それって……」

「ええ、亜紀は私の娘なのよ」

「え……！」

丈太郎は衝撃に身を強《こわ》ばらせた。

そう言われれば、確かにミス研のサークルでこのペンションを薦《すす》めたのは亜紀だったし、二階の引き戸を前から知っていた仕草で閉めたり、初体験のこの部屋にも慣れた様子で入って懐中電灯を点け、ベッドを使ったのだ。

しかも洋介の殺害の様子を、青いコートの犯人に気づかれぬようスマホ動画に撮れたというのも、考えてみれば不自然だった。

それは親子だったから、最初から百合子は亜紀に惨劇を見せていたのだろう。

それを亜紀も怯《おび》えたふりをして、僅かな部分だけ撮ったのだった。

「あの男は不味《まず》かったわ。性格が悪いので、肉の味も最低」

百合子が、甘ったるい匂いを漂わせて言う。

「でも、交わったまま喰《く》うやり方を亜紀に見せるためだったから、仕方がなかったの」

「ま、真貴子先生は……」

「あの美人先生は、とびきり上等だった。不味い男の口直しに頂いたけれど、思っていた以上に美味《おい》しかった」

「…………」

どうやら、百合子が言っているのは本当のことのようだ。

美雪の言う通り、姿の消せる鬼なら、全ての辻褄《つじつま》が合うのである。やはり人の犯行では無理があった。

そして百合子は、自分も死んだことにしておいた方が、何かと動くのに都合が良かったのだろう。

「それで、僕のことも食べるんですか」

「ええ、もちろん」

訊《き》くと百合子が顔を向けて頷《うなず》き、丈太郎は何故かズキンと股間が疼《うず》いた。

こんな最中なのに、どうにも性的な興奮が湧いてきてしまうのである。

「恐い？」

「ええ、少し、でも平気なような気もします……」

「そう、亜紀の体液を吸って、徐々に私たちの気持ちが分かるようになってきているのかも。昆虫でも、交接のあと喜んで喰われるオスがいるでしょう。それと同じよ」

百合子が言い、彼はどう仕様もなく股間が突っ張ってきてしまった。

「なぜ、亜紀ちゃんに洋介の殺害を見せたのです」

「交わりながら食べるお手本を見せたかったの。あの子には、食《く》い初《ぞ》めをさせるつもりだから」

「食い初め……」

「そう、十八になったのだから、初めて人を食べさせようと思って。しかも亜紀はあなたを好《す》いているから、最初は自分の好きな男を食べるのが一番良いのよ」

「そ、それなら、僕が食べられたら、代わりに二階の三人は助けてくれますか」

「いいわ。元々あの三人は何故か苦手だから」

百合子が答え、丈太郎は少しだけ安心した。

食い初めというのは、能狂言の『首引《くびび》き』に出てくる言葉だ。

山中で鬼が一人旅の男を襲い、せっかくだから一人娘の鬼姫に、初めて人を食わせる、というものだ。


「身共《みども》は娘を一人持っているが、いまだ食い初めをさせぬ。おのれを食い初めにさせようと思う。姫に食われうか身共に食われうか」

「はあ、とても助からぬ命ならば御娘子に食われましょう」

「何じゃ、姫に食われう、中々、一段と能う言《ゆ》うた」

と鬼は姫を呼んでくる。

しかし姫が食おうとすると、旅人は扇子《せんす》で姫を打ち、そのたびに彼女は泣いて父鬼に言いつけに行く。

「とと様、噛み砕《くだ》いて下さい」

「それでは食い初めのせんがない。噛みついて食わしめ」

親に諭《さと》されて姫は何度も旅人に向かうが、結局力比べで負けたら素直に食われようと旅人が提案し、鬼も納得して首引きをする。

旅人と姫の首に、輪っかにした縄を掛けて引っ張り合うのだ。

姫が負けそうになると親鬼が加勢し、さらに多くの家来の鬼たちも手伝いはじめる。

そこで旅人は、いきなり首から縄を外すと、鬼たちは一斉に仰向けに倒れ込み、その隙に逃げられるという話だ。

丈太郎もどうせ助からぬ命ならば、以前から好きだった亜紀に食われたいと思った。

しかしその前に、この妖《あや》しく美しい百合子と交わりたかった。

そんなことを思ってしまうのも、亜紀の体液に秘められた鬼の気による作用なのかも知れない。

　すると淫気が伝わったように、この美熟女も立ち上がって服を脱ぎはじめてくれた。

「いいでしょう。亜紀の好きな男を私も味わってみたい」

　彼女が言い、丈太郎も手早く脱いで全裸になった。

　亜紀と初体験をしたベッドに、一糸まとわぬ姿になった百合子が、ゆったりと仰向けになって熟《う》れ肌を晒した。

　青鬼族なのか、肌は青く見えるほど白く滑らかで、何とも豊かな巨乳が息づいている。ウエストはキュッとくびれ、豊満な腰のラインからスラリとした脚が伸びていた。

　彼は吸い寄せられるように身を寄せ、チュッと乳首に吸い付いて舌で転がし、もう片方の膨らみに手を這わせていった。

5

「アア……、いい気持ち……、あの男よりずっと丁寧で優しい……」

百合子がうねうねと身悶《みもだ》えて喘ぎ、丈太郎も左右の乳首を交互に吸い、顔中で巨乳を味わった。胸の谷間や腋からは、生ぬるく花粉のように甘ったるい体臭が濃く漂ってきた。

両の乳首を存分に味わってから、丈太郎は彼女の腕を差し上げ、腋の下にも鼻を埋め込んだ。

何とそこには、色っぽい腋毛《わきげ》が煙り、生ぬるく湿っていた。甘ったるい濃厚な汗の匂いが籠もり、彼はうっとりと酔いしれて胸を満たした。

そして滑らかな熟れ肌を舐め下り、形良い臍《へそ》を探り、張り詰めた下腹に顔中を押し付けて弾力を味わった。

丈太郎は恐ろしくなることなく、激しく勃起しながら豊満な腰のラインから脚を舐め下りると、脛《すね》にはまばらな体毛があり、野趣溢《あふ》れる魅力が感じられた。

ケアなどせず、ありのままだとかえって興奮が増し、何やら彼は昭和の美女でも相手にしているような気がした。

やや毛深いこと以外は、全く人と同じ肉体をしている。

足裏に回り込んで舌を這わせ、形良く揃った指の間に鼻を押し付けて嗅ぐと、そこは汗と脂に生ぬるく湿って蒸れた匂いが濃く沁み付いていた。

他の誰よりも濃厚な匂いに興奮を高め、彼は充分に嗅いでから爪先にしゃぶり付き、順々に指の股に舌を割り込ませて貪った。

「あう……、いい気持ち……」

百合子が喘ぎ、唾液に濡れた爪先で彼の舌をキュッとつまんだ。

丈太郎は両足とも、全ての味と匂いを堪能すると、彼女を大股開きにさせて脚の内側を舐め上げていった。

白くムッチリと量感ある内腿をたどり、熱気と湿り気の籠もる股間に迫った。

ふっくらした丘には、黒々と艶《つや》のある恥毛が濃く茂り、肉づきが良く丸みを帯《お》びた割れ目からは、ピンクの花びらがはみ出していた。

指で陰唇を左右に広げると、かつて亜紀が生まれ出てきた膣口が、襞《ひだ》を入り組ませて息づき、親指の先ほどもある大きなクリトリスがツンと突き立って光沢を放っている。

堪《たま》らずに顔を埋め込み、柔らかな恥毛に鼻を擦りつけて嗅ぐと、隅々には濃く蒸れた汗とオシッコの匂いが馥郁《ふくいく》と籠もり、悩ましく鼻腔を刺激してきた。

彼は胸を満たしながら舌を挿し入れ、淡い酸味のヌメリが湧き出す膣口を舐め回し、味わうようにゆっくりクリトリスまで舐め上げていった。

「アアッ……」

百合子がうっとりと喘ぎ、内腿できつく彼の両頬を挟み付けてきた。

彼は腰を抱え込み、執拗《しつよう》にクリトリスを舐めては鬼の美女の愛液をすすった。

さらに彼女の両脚を浮かせ、豊満な逆ハート型の尻に迫った。

谷間にひっそり閉じられるピンクの蕾に鼻を埋めると、顔中に弾力ある双丘が心地よく密着した。

蕾に籠もる匂いを貪ってから、舌を這わせて襞を濡らし、ヌルッと潜り込ませて滑らかな粘膜を探ると、淡く甘苦い味わいが感じられた。

洋介や真貴子を食べ、消化したその肉を排泄《はいせつ》した孔《あな》なのだろうが、彼の勃起は収まらなかった。

「ああ、いい気持ち。こんなこと、あの男はしてくれなかったわ……」

百合子が息を弾ませて言う。洋介なら、ろくな愛撫《あいぶ》もせず突っ込んで果て、また一人クリアし、とでも無感動に思った程度だろう。

脚を下ろし、丈太郎は再び割れ目に戻って大洪水のヌメリをすすり、クリトリスに吸い付いた。

「いいわ、今度は私が……」

すっかり高まった百合子が言って身を起こし、彼は入れ替わりに仰向けになっていった。

百合子は彼の股を開かせて腹這《はらば》い、自分がされたように脚を浮かせて尻を舐め回し、ヌルッと潜り込ませてくれた。

「あう……」

長い舌に犯されたように、彼は呻いて肛門を締め付けた。

彼女も内部で舌を蠢かせ、脚を下ろして陰嚢にしゃぶり付いた。

二つの睾丸を舌で転がし、袋全体を生温かな唾液にまみれさせると、さらに前進して肉棒の裏側をゆっくり舐め上げてきた。

滑らかな舌が先端まで来ると、彼女は幹を指で支え、粘液の滲《にじ》む尿道口をチロチロと舐め回し、丸く開いた口でスッポリと呑み込んでいった。

「アア……」

丈太郎は快感に喘ぎ、美熟女の口の中でヒクヒクと幹を震わせた。

百合子も幹を締め付けて吸い、熱い息を股間に籠もらせながら舌をからめた。

たちまち彼自身は、生温かな唾液にどっぷりと浸り、ジワジワと絶頂を迫らせていった。

　彼女は顔を上下させ、濡れた口で小刻みにスポスポと味わっていたが、やがて頃合いと見てスポンと口を引き離した。

「これから亜紀に食べられるというのに、こんなに勃起していて嬉《うれ》しいわ」

　百合子が感心したように言い、さらに巨乳にペニスを挟んで優しく揉んでくれた。肌の温もりに包まれ、巨乳の谷間で揉みくちゃにされながら、彼は腰をくねらせて悶えた。

　そして彼女は身を起こし、前進して丈太郎の股間に跨がってきた。

　指も使わず割れ目を先端に押し付け、何度か擦ると、やがて張り詰めた亀頭が潜り込み、彼女はそのまま根元まで受け入れていった。

「アア……、いい気持ち……」

　股間を密着させた百合子が喘ぎ、身を重ねてきた。

　丈太郎も、ヌルヌルッと滑らかに幹を包む肉襞の摩擦と締め付けに陶然となり、下から両手でしがみついた。

　さらに両膝を立て、蠢く豊満な尻を支えた。

　百合子は彼の肩に腕を回し、近々と顔を寄せてきた。

「可愛いわ、亜紀にあげずに私が食べてしまいたい……」

熱く囁《ささや》く吐息は、白粉《おしろい》のように甘い刺激を含んで、彼の鼻腔を悩ましく掻き回してきた。

丈太郎も、何やらこのまま彼女の口から入り、胃の中で溶けて消化されたいような気になってしまった。

百合子が、上からピッタリと唇を重ね、挿し入れた舌をネットリとからめながら、徐々に腰を動かしはじめた。

彼も合わせてズンズンと股間を突き上げると、溢れる愛液が動きを滑らかにさせ、クチュクチュと淫らな摩擦音が聞こえて互いの股間が生温かくビショビショになった。

「ああ、いきそう……」

百合子が、淫らに唾液の糸を引いて口を離し、熱く喘いだ。

丈太郎も股間の突き上げが止まらなくなり、そのまま絶頂まで突っ走ってしまった。

「い、いく……!」

たちまち彼は口走り、大きな絶頂の快感に全身を貫かれながら、ドクンドクンと熱い大量のザーメンをほとばしらせた。

「あう、いく……、アアーッ……！」

噴出を感じた途端、百合子も声を上ずらせてガクガクと狂おしいオルガスムスの痙攣を開始した。

洋介の場合は、ここで喉笛を嚙み切られ、快感の中で息絶えたのだろう。

百合子も夢中になって嚙み切りそうな勢いだが、そうなったら丈太郎も洋介のような呆けた表情で死ぬのである。

もちろん百合子は娘のために自制し、快感だけを受け止めながら膣内を収縮させていた。

丈太郎は心ゆくまで快感を味わい、最後の一滴まで出し尽くしていった。徐々に突き上げを弱めていくと、

「ああ、良かった……」

百合子も満足げに声を洩らし、熟れ肌の強ばりを解いて力を抜くと、グッタリと遠慮無く体重を預けてきた。

まだ膣内がキュッキュッと名残惜しげな収縮と締め付けを繰り返し、刺激されたペニスがヒクヒクと過敏に跳ね上がった。

「あう、もう暴れないで……」

百合子も敏感になっているように言い、幹の震えを押さえつけるようにキュッときつく締め上げてきた。

鬼でも、全く人の女性と同じ反応である。

丈太郎は美熟女の重みと温もりを受け止め、熱くかぐわしい白粉臭の吐息を間近に嗅ぎながら、うっとりと快感の余韻に浸り込んでいったのだった。

やがて呼吸を整えると、そろそろと百合子が身を起こし、股間を引き離した。

不思議とペニスは、ティッシュで拭くまでもなく濡れていないので、百合子の膣内が全てのヌメリを貪欲に吸収してしまったようだ。

「さあ、少し休憩したら、亜紀にも同じようにしてあげてね」

「え、ええ、どうか約束は……」

「守るわ。あの三人は無事に帰すから」

百合子は言い、丈太郎が頷くと、彼女は脱いだものを抱えて静かに部屋を出て行ったのだった。

第五章　去りゆくものたち

1

「あ、亜紀ちゃん……」

丈太郎は、部屋に入って来た亜紀の無事な姿を見てほっとした。

もう彼女が百合子の娘で、人ならぬ鬼族ということは知っていても、心配して探し回っていたので、面と向かうと安心感が湧《わ》いてきたのである。

しかも亜紀は、全裸の上から青いコートを羽織り、フードまで着けているではないか。もちろん血にまみれたものではなく、亜紀専用のもので可愛らしく見えた。

「ごめんなさい、心配かけて」

亜紀が言い、全裸で半身を起こした彼に近づいてきた。目が熱く潤《うる》み、悦《よろこ》びとも悲しみとも、宿命を背負わなければならない諦めと緊張のような、複雑な表情を浮かべていた。

「話はママから聞いたわね？」

「うん……」

「いいのね？」

亜紀が並んで座り、キラキラ輝く眼差《まなざ》しを向けて囁《ささや》いた。

「二階の三人を助けることを約束してもらった」

「分かってるわ」

「この場所でいいの？」

丈太郎は訊《き》いた。ここではテラスや小屋と違い、ベッドも部屋も血まみれになってしまうだろう。

「構わないわ。ここはペンションの廃屋《はいおく》で、もう誰も来ることはないから」

「廃屋？　こんなに綺麗《きれい》な建物なのに」

「そう見せているだけ」

亜紀が言う。

どうやら、鬼の力で快適な建物に見せられていたようだ。この中は時空が異なっていて、それでネットも通じなかったのかも知れない。

やがて亜紀が、コートの前を開いたまま、脱ぎもせずに丈太郎を仰向けに押しやった。

彼は、自分の命が残り少ないと知りつつも、すっかり回復したペニスがヒクヒクと脈打っていた。

これも、鬼の母娘から力を含んだ体液を吸収し、恐怖よりも快楽への期待の方が大きくなっているからかも知れない。

亜紀が上から覆いかぶさり、ピッタリと唇を重ねてきた。

そしてチロチロと舌《なめ》をからめながら、生温かな唾液を注《そそ》ぎ込んできた。

丈太郎も美少女の滑らかな舌の蠢《うごめ》きを味わい、うっとりと彼女の唾液で喉《のど》を潤した。

亜紀は熱い息を弾《はず》ませながら、そっと彼のペニスに触れ、はち切れんばかりに勃起しているので安心したように、やんわりと手のひらに包み込みニギニギと愛《あい》撫《ぶ》してくれた。

彼も亜紀の乳房を探り、指の腹でクリクリと乳首を刺激してやった。

「ああン……」

彼女が口を離し、熱く喘《あえ》いだ。可憐《かれん》な口から吐き出される、甘酸っぱい吐息に鼻腔《びこう》を刺激され、彼自身は亜紀の手の中でピクンと震えた。

「桃の香り……」

美少女の息を嗅《か》ぎながら、うっとりと言うと、

「桃は好きじゃないの」

亜紀が小さく答える。そして彼の耳をそっと噛《か》み、首筋を舐《な》め下りてチュッと乳首に吸い付いてきた。

「あう、気持ちいい……」

亜紀の舌が乳首を舐め回し、熱い息が肌をくすぐった。

「噛んで……」

「噛むと、噛み切ってしまうから、それは最後に」

甘美な刺激を求めて言うと、亜紀が答えた。

「首筋とか心臓とか、柔らかい腕や太腿《ふともも》だけ食べるって本当？」

丈太郎は、美雪が言ったことを思い出して訊いてみた。

「ええ、そうよ。手や足の先とか、消化器官までは食べないわ」

「心臓は、胸骨や肋骨《ろっこつ》に覆われているだろうに」

「歯と爪の力で、折って開くことが出来るのよ」

亜紀が言うので、彼は美少女の爪の先や歯並びを見てみたが、ごく普通の人間としか思えない。

「そんな力があるなんて……」

「最後に見せてあげることになるわ」

亜紀が可憐な声で言い、彼の左右の乳首を舐め、肌を舐め下りて股間に迫ってきた。

大股開きになると、亜紀も真ん中に腹這《はらば》い、熱い息を股間に籠《こ》もらせながら、張り詰めた亀頭にしゃぶり付いてきた。

「ママの匂《にお》いがする……」

亜希は言ったが、嫌ではないらしく念入りに舌を這わせ、スッポリと呑み込んで吸い付いた。

「アア……」

丈太郎は快感に喘ぎ、温かく濡《ぬ》れた口の中で幹を震わせた。

亜紀も顔を小刻みに上下させ、チュパチュパと摩擦してくれたが、すぐに口を離した。

「ああ、噛み切ってしまいそう……」

顔を上げた彼女が言い、ヌラリと舌なめずりした。

丈太郎は、そのまま嚙み切られても良いような気分になっていた。

「ね、あの三人がしたようなこと、私もしていい?」

身を起こして亜紀が言う。どうやら彼が三人としたことを、亜紀もしてみたいのだろう。

姿を消し、どこからか全て見ていたようだった。

「いいよ、好きにしても」

答えると、亜紀は笑窪《えくぼ》を浮かべて彼の下腹に跨《また》がってきた。そしてコートをふわりと広げて座ると、濡れはじめている割れ目が密着し、丈太郎が立てた両膝に寄りかかり、両足を伸ばして足裏を顔に乗せてきたのだ。

「ああ、変な気持ちだわ……」

亜紀が言い、彼の顔に密着させた足裏をモゾモゾと蠢かせた。

行方不明になってからシャワーも浴びていないだろうから、指の股は百合子と同じぐらい蒸れた匂いが濃く沁《し》み付いていた。

その興奮に、勃起した先端が彼女の腰に触れ、丈太郎は足裏を舐めて爪先《つまさき》にしゃぶり付いた。

指の股に舌を割り込ませると、汗と脂の味わいが感じられ、彼は両足とも全て貪り尽くした。

「あう……、くすぐったいわ……」

亜紀が呻《うめ》き、クネクネと腰をよじらせるたび、潤いを増した割れ目が下腹に擦《こす》り付けられた。

両足とも味わうと、彼は足首を摑《つか》んで顔の左右に置き、亜紀の手を引いた。

彼女もすぐに腰を浮かせて前進し、彼の顔に跨がってしゃがみ込んだ。

M字になった脚が張り詰め、ぷっくりした割れ目が鼻先に迫った。

丈太郎は腰を抱き寄せ、若草の丘に鼻を擦りつけて嗅いだ。

そこは甘ったるい汗の匂いと可愛らしい残尿臭が蒸《む》れて籠もり、悩ましく鼻腔を刺激してきた。

彼は胸を満たして舌を這わせ、淡《あわ》い酸味のヌメリをすすり、処女を失ったばかりの膣口《ちつこう》をクチュクチュ舐め回した。

そのまま滑らかな柔肉をたどり、小粒のクリトリスまで舐め上げていくと、

「アアッ……、いい気持ち……」

亜紀が熱く喘ぎ、力が抜けたようにキュッと座り込んできた。

丈太郎は味と匂いを貪りながら、尻の真下にも潜り込み、顔中に白く丸い双丘を受け止めながら、谷間の蕾《つぼみ》に鼻を埋めた。

秘めやかに蒸れた匂いが籠もり、刺激が胸に広がった。

舌を這わせて襞《ひだ》を濡らし、ヌルッと潜り込ませて滑らかな粘膜を探ると、

「く……」

亜紀が呻き、モグモグと肛門《こうもん》で舌先を締め付けてきた。

再び割れ目に戻ってヌメリをすすり、クリトリスに吸い付くと、彼は妖《あや》しい願望を口にしてしまった。

「ね、オシッコしてみて……」

言うと、亜紀も三人に対抗意識を燃やしたように、息を詰めて尿意を高めはじめたようだ。

舌を這わせていると、柔肉が妖しく蠢いて味と温もりが変化した。

「あう、出ちゃう……」

亜紀がか細く言うなり、チョロチョロと弱い流れがほとばしってきた。

丈太郎は口に受け、味も匂いも分からないまま喉に流し込んだ。

「アア……」

彼女が喘ぎ、勢いが増すと口から溢《あふ》れた分が頬を伝い流れ、温かく耳の穴まで濡らしてきた。

彼は夢中で飲み込み、やがて勢いが弱まると、ようやく淡い味と匂いが分かるようになってきた。完全に流れが収まると、彼はポタポタ滴《したた》る余りの雫《しずく》をすった。すると愛液が混じり、雫が糸を引くようになり、彼は残り香の中で執拗《しつよう》に舌を蠢かせて潤いを貪ったのだった。

2

「あう、もういいわ……」

すっかり高まった亜紀が言い、ビクッと丈太郎の顔から股間を引き離した。

そのまま仰向けの彼の上を移動し、屈み込んで亀頭をしゃぶり、唾液の潤いを補充した。

濡らしただけで顔を上げ、コートの裾《すそ》をめくって跨がってきた。

先端を割れ目に受け入れ、腰を沈めるとヌルヌルッと彼自身は滑らかに根元まで嵌まり込んでいった。

これが、丈太郎にとって生涯最後のセックスとなるのだろう。

それでも、鬼とはいえ美しい母娘の両方、さらにはサークル仲間の三人とも肌を重ねられたのだから思い残すことはない。やはり連日の幸運は、彼の一生分の女運だったのだ。

「アアッ……！」

完全に座り込むと、亜紀は股間を密着させ、顔を仰《の》け反《ぞ》らせて激しく喘ぎはじめた。もう挿入の痛みなどはなく、食い初めへの期待に美少女は身悶え、きつく彼自身を締め上げてきたのだった。

「ああ、下からも突いて、強く奥まで何度も……」

亜紀が身を重ねて喘ぎ、丈太郎も股間を突き上げながら、潜り込むようにして左右の乳首を吸った。

コートの中には甘ったるい体臭が籠もり、腋《わき》の下からも濃厚に汗の匂いが漂っていた。

乳首と張りのある膨《ふく》らみを味わってから、彼はコートの中に潜り込むようにして腋の下に鼻を埋め、初回ではあまり感じられなかったナマの体臭を貪った。

互いに動くうち、溢れた愛液が陰嚢《いんのう》の脇を伝い流れ、彼の肛門の方まで生ぬるく濡らし、ピチャクチャと湿った摩擦音が聞こえてきた。

「アア、いきそう……」

まだ二度目の挿入なのに、亜紀はすっかり高まったように喘いだ。

丈太郎も股間を突き上げながら、ジワジワと絶頂を迫らせていった。

これで二人が昇り詰めたら、亜紀の歯が首筋に食い込んでくるのだろう。

もう全く恐くはなく、この美少女に咀嚼《そしゃく》され、胃の中で溶けて吸収され、栄養にされることが何よりの悦びに思えた。

丈太郎は高まりながら、目を閉じた。

すると彼の顔中に、ポタポタと生温かなものが滴ってきた。

(泣いているのか……?)

うっすらと目を開けると、亜紀はじっと彼の顔を覗《のぞ》き込みながら、口から大量の涎《よだれ》を垂らしていたのである。

「そ、そんなに食べたいの……?」

「そうよ。僕を食べてって言って」

亜紀が、近々と顔を寄せ、火のように熱い吐息で囁いた。

「ぼ、僕を食べて……」

思わず言いながら顔を引き寄せ、滴る唾液を飲み込んで舌をからませた。

「アア……、いく……」

彼の言葉に激しく高まり、亜紀が収縮を強め、ガクガクとオルガスムスの痙攣《けいれん》を開始した。

その勢いに巻き込まれるように、続いて丈太郎も大きな快感に全身を包まれ、ありったけの熱いザーメンをドクンドクンと柔肉の奥に勢いよくほとばしらせてしまった。

「あ、熱いわ、何ていい気持ち……！」

亜紀が噴出を感じて口走り、ザーメンを飲み込むようにキュッキュッときつく締め上げた。もう完全に、挿入による膣のオルガスムスが得られているようだった。

その間も彼は快感に悶え、引き寄せた亜紀の口に鼻を押し込み、濃厚に甘酸っぱい吐息を嗅ぎながら、心ゆくまで最後の一滴まで出し尽くしたのだった。

「アア……」

突き上げを弱めていくと、亜紀が満足げに声を洩らし、彼の鼻をしゃぶり、長い舌でヌラリと彼の額《ひたい》まで舐め上げてきた。

丈太郎は息づく膣内でヒクヒクと幹を過敏に震わせ、濃い果実臭の吐息を嗅ぎながら快感の余韻に浸り込んでいった。

恐ろしいのに、なぜか胸が弾み心が浮かれるのは、やはり鬼の体液を吸収したからなのだろう。

（いよいよか……）

諦めて再び目を閉じると、亜紀のかぐわしい吐息が間近に感じられるのに、彼女は硬直したまま身動き一つしなくなった。

「え？　どうしたの……」

恐る恐る目を開けると、亜紀は何やら恐ろしいものでも見たように全身を強《こわ》ばらせているではないか。

「い、いやッ……、ママ……！」

亜紀は叫び、急いで股間を引き離すとベッドを転げ落ちた。

何が起きたか分からず、丈太郎は懸命に力を入れて半身を起こした。

亜紀はすっかり怯《おび》えたように部屋の隅へ後ずさり、そこへ百合子が飛び込んできた。

百合子は、洋介の血の付いた青いコートを羽織り、フードをかぶっている。

「どうしたの、亜紀」

「わ、私には食べられないわ……」

「何を情けないことを。彼を好きだから食べると決心したのに」

「どうか、ママが嚙み砕《くだ》いて……」

何やら『首引き』のような会話になっていた。

百合子が嘆息《たんそく》して言い、代わりにとどめを刺そうというのか、丈太郎に顔を寄せてきた。

「困った子ね。せっかく彼だって覚悟を決めてくれたのに」

濃厚な白粉《おしろい》臭をした熱い息が感じられ、爛々《らんらん》と光る目を寄せて百合子が口を開いて犬歯《けんし》を覗かせた。

丈太郎も、神妙にしていたのに思いがけない騒《さわ》ぎとなり、わけも分からないまま百合子を見た。

するとと百合子も目を見開き、いきなり硬直したのである。

「こ、これは、無理だわ……、さっきは全く気づかなかったけど、何て男を選んだの……」

百合子は言うなりビクッと後ずさった。

「ど、どうしたんです、一体……」

「来ないで！　もう沢山。どうか二階の三人と早く東京へ帰って！」

百合子が言うなり、窓を開けると外へ飛び出した。続いて亜紀も、裾を翻《ひるがえ》して窓から飛び降りた。

驚いて丈太郎が見ると、外は煌々《こうこう》たる月夜。

その灯りを受け、美しくも妖しい母娘は、一目散に山の中へと逃げ帰っていったのである。

「………」

呆然《ぼうぜん》と見送っていた彼は、室内の異変に気づいた。

鬼がいなくなり、建物が本来の古さを取り戻したように色褪《いろあ》せ、今にも崩れそうにミシミシと音を立てはじめたのである。

丈太郎は脱いだジャージと下着を抱えると、急いで部屋を飛び出し、暗い中を懸命に進んで階段を上った。

「みんな！」

着ながら途中で声を掛けると、待機でもしていたように三人の足音と、千恵里の声が聞こえた。

「百瀬君！　どうして私たちを閉じ込めたの！」

「服と荷物を持って！」

彼は答え、ようやく上がりきってロックを外し、軋《きし》む引き戸を開けた。

三人も何事かと、急いで部屋に戻って服や荷物を手にした。丈太郎も急いで服を着ると自分の部屋からバッグを持ち、四人で階下へ向かった。

「何これ、急に家が古く……」

「階段を踏み抜かないように、気をつけて急いで。説明は外だ！」

丈太郎が言い、全員が下りると玄関へ向かい、靴を持って外へ飛び出した。

外は満月で明るい。

四人が少し離れたところから建物を振り返ると、それはすでに半壊した廃屋であった。入り口にある色褪せた看板に、辛《かろ》うじて『せいざん荘』という字が読み取れる。

「ど、どういうこと、これは……」

「とにかく、荷物を車に」

靴を履きながら言い、丈太郎は半壊している建物の周囲を回ってみた。

裏のテラスには、風化寸前の白骨が月光に照らされている。

「ま、真貴子先生……」

彼は呟《つぶや》いた。

完全に鬼の力の失せた建物は、時空を越えて遺体も古びてしまったようだ。

さらに表に戻ると、百合子の乗用車は廃車寸前に錆《さ》び付き、後部のトランクも半分開いて中は空《から》だった。

ボロボロの小屋を覗いてみると、やはり洋介のものらしい白骨があり、古びた段ボール箱が崩れていたのだった。

とにかく四人は、乗って来たワゴンに入った。

3

「何があったの。いきなり二階に閉じ込められて……」

千恵里が運転席に座りながら言う。

「とにかく行ってみよう。崖崩れのところまで。説明するにも、少しでも離れた方が安全そうなんだ」

助手席でシートベルトを締めた丈太郎が言うと、千恵里もエンジンを掛け、後部シートでは美雪と香澄が不安げに身を寄せ合っていた。

車は難なくスタートし、来た道を走りはじめた。

ヘッドライトに照らされた山道も、もうそれほどぬかるんでいないし、運転はスムーズだった。

「確か、この辺りだったわよね。崖崩れは……」

千恵里がハンドルを握りながら身を乗り出すように見回したが、土砂の流れた形跡はなかった。

「どうやら、幻《まぼろし》を見せられたんだ。僕と千恵里ちゃんだけ」

「そ、そんなこと出来るの？　どんなトリックで……」

「これは人間の仕業《しわざ》じゃない。仮想現実の世界だったんだ」

丈太郎は言い、百合子の車で充電したスマホを取り出して見たが、全く充電されていなかった。

多分、ワゴンで充電した千恵里のスマホは使えるのだろうが、建物の中は鬼の気の作用で通じなかったのだろう。

やがて舗装道路に出ると、ようやく丈太郎も安心した。

そして最寄りの終着駅を過ぎ、少し走ったところにファミレスがあった。

「そこで休もうか」

「そういえば、おなか空《す》いてるわ……」

丈太郎が言うと、後ろで香澄がそう答えたので、千恵里も駐車場に入った。

四人で店に入ると、深夜で他の客はいなかった。それでも従業員に聞かれたくないので、四人は窓際の隅の席に座った。

まずはペンションになかった握り寿司セットを頼み、運転している千恵里には悪いが丈太郎は生ビールを注文した。女性三人はドリンクセットで、銘々《めいめい》に好きなものを運んできた。

そして喉を潤し、寿司をつまみ、彼女たちはデザートまで頼んだ。

やがて彼女たちは順々に洗面所へ行き、ジャージをバッグに詰め込んで、来たときの洋服に着替えていった。

「ああ、やっと落ち着いたわ。じゃ何があったか話して」

千恵里が言うと、美雪と香澄も彼を見た。

「立美と真貴子先生を殺害したのは、百合子さんだった」

「え……？　だって小屋で死体が……」

「あれは偽装だったんだ」

丈太郎は、三人が二階に閉じ込められたところから話した。

百合子が人を食う鬼の一族で、亜紀がその娘だったことも全て。

「鬼……？　亜紀まで……」

美雪が眉をひそめて言う。

「あのペンションは、何年も前に潰れて廃屋になっていた。それを鬼の力で、綺麗な建物だと思わせていたんだ」

「あんなに快適だったのに……」

「とにかく、鬼の母娘は人を食いたくて、しかも亜紀が食《く》い初《ぞ》めをするため僕たちを集めた。あとから僕が呼ばれたのも、計画のうちだったのだろうね」

彼は食い初めの説明もしたが、鬼の出る能狂言は美雪も知っていたようだ。

「あんな可愛い子が……」

「うん、最初に立美が犠牲になって、亜紀は動画を撮りながらも母親のお手本を学んだんだ。そして百合子さんは、久々に人の肉への欲望が湧いて、真貴子先生を……」

言うと、優しく美しかった真貴子を思い出し、三人は顔を伏せた。

そう、洋介はともかく、真貴子がもういないというのが、皆に暗い影を投げかけているのだった。

「そして鬼になった亜紀ちゃんが僕を食べる代わりに、君たち三人を助けてもらう約束を取り付けた」

「そんな、死ぬ覚悟をしたの……？」

彼の言葉に、三人が顔を上げて潤んだ眼差しを向けてきた。

「ところが、どういうわけか亜紀ちゃんは僕を食べることが出来ず、百合子さんも出てきたけど、何やら僕を恐れたように、二人で窓から飛び出していったんだ。そうしたら急に家が古びてきたので、急いで君たちを呼びに上がったんだよ」

「そうだったの……。鬼の力が失せて、建物が本来の姿を取り戻したのね」

美雪が言う。

「ああ、立美と真貴子先生の遺体も、すっかり古びた白骨になったから、あそこだけ特別な時間が流れていたんだろう」

「た、食べたものは大丈夫なのかしら。ペンションにあった食材……」

「未《いま》だに誰も腹を壊していないから大丈夫だろう。きっと百合子さんが、食材だけは新しいものを揃《そろ》えていたんだと思う」

丈太郎は言い、肩の力を抜いた。

「東京へ戻ったら、どうする？　二人も死んだのだから……」

千恵里が言った。

「でも、二人は白骨化して、間もなく風化してしまうと思う」

「じゃ、このまま行方不明ということに……？」

「仕方ないね。体験したことを全て話しても警察は信じてくれないだろう」

「そう……、私たちが旅行をするという計画は、この四人以外誰も知らないわ。だから、真貴子先生や立美君が、私たちと一緒だったということは誰も知らない……」

千恵里が言い、菩提《ぼだい》を弔《とむら》うことも出来ずに嘆息した。

特に真貴子は、急に洋介に誘われて来ることになったから、誰にも旅行のことは話していないだろう。

まあ自分が顧問をするサークルのメンバーだし、他に予定もなかったようなので応じたのだろうが、それが真貴子の運命を決めてしまったのだ。

「レンタカーは、立美の名義で借りたのかな？」

「いえ、近所のレンタカー屋で私が借りたから、用紙は持っているわ。延滞料金を払えば何事も無いでしょう」

千恵里は言い、二十四時間営業のレンタカー屋に電話を入れた。そして遅れた詫《わ》びを言うと、相手もすぐに納得してくれたようだ。

「お金は僕も払うので」

彼女がスマホを切ると丈太郎は言い、そろそろファミレスを出ることにした。

「どうする？　車の中で眠る？」

「ううん、早く東京へ帰りたいから、夜通し走るわ。あなたたちは眠って構わないから」

訊くと千恵里が、美雪と香澄を見て言った。

そう言われても眠るわけにはいかないし、居眠り運転をしないよう話しかけようと彼は思った。

やがて席を立ち、唯一の男として全て支払ってやりたいが財布が寂しいので、彼女たちからも少しずつ出してもらって会計を終えた。

「あんな可愛い亜紀が、鬼だったなんて……」

店を出て駐車場に向かいながら、月を見上げて美雪が呟いた。

すると、亜紀と同じ学年の香澄も言った。

「春から、何事も無く過ごしていたのに」

「ううん、春からいたというのは錯覚だったのかも知れない。鬼の力で」

美雪が重々しく答えた。

さすがに美雪は神秘学や妖怪に詳しいから、亜紀の学生生活そのものが幻で、そう思わされていただけかも知れないのだと言った。

やがて四人は車に乗り、千恵里がエンジンを掛けた。

「でも、どうして亜紀は急に百瀬さんを食べるのを止めて、二人で怯えて逃げていったのかしら」

美雪が、後部シートから肩越しに助手席の丈太郎に言った。

「なぜだか分からないけど、二人は近くで僕の顔を見て……」

丈太郎が言うなり、後ろから美雪が彼の頬に手を当て、顔を振り向かせた。

「え……？」

彼は、身を乗り出して近々と顔を寄せる美雪の、ほのかな果実臭をした熱い吐息に戸惑った。

「これだわ、きっと……」

そして美雪は前髪を搔き上げると、彼の額《ひたい》に正三角形を描く三つの小さなホクロを確認した。

「どういうこと？」

千恵里が言い、車をスタートさせて道路に出た。深夜なので、他の車はなく実にスムーズに走りはじめた。

「ちょっと頭の中を整理するから待って……」

美雪が丈太郎の顔から手を離して言い、彼も正面に向き直った。

もちろん居眠り運転を心配することもなく、千恵里は目を輝かせて、ハンドルを操《あやつ》りながら美雪の言葉を待っていた。

4

「百瀬さんの額にある三つのホクロは、鬼除《おによ》けのマークなのよ……」

美雪が話しはじめた。

「三角形は、おにぎりの形」

「そうか、鬼を斬《き》る、か……」

「ええ、しかも桃太郎の鉢巻《はちま》きにも、桃を模《も》した三角形が」

美雪の言葉に丈太郎は、亜紀が言った「桃は好きじゃない」という言葉を思い出した。

するとと千恵里が、前方を見ながら言った。

「百瀬丈太郎は、桃太郎ということだったのね。それを亜紀は知らずに好きになってしまった……でも、私たちが助かったのは？」

すると、それを美雪が引き継ぐように言う。

「それはね、たぶん桃太郎の家来だったから。三人の名前に、申《さる》、酉《とり》、戌《いぬ》が入っているわ」

確かに、神田美雪、酒井香澄、伏尾千恵里の苗字には、申、酉、犬を表す三つの文字が隠されていた。

「そして鬼門である北東、丑寅《うしとら》の方角を攻めるには、その対極にある申酉戌が必要で、それで桃太郎はその三匹を連れて行ったの。猿鳥犬は、それぞれ知恵、勇気、忠実を表すわ」

「すごい偶然……」

香澄が感嘆して言った。

皆、それぞれが口を閉ざしたので、千恵里がカーラジオを点《つ》けた。

もう受信状態も良く、楽曲の合間にニュースと天気予報が流れてきた。

ニュースは、特に変わったことはなく、天気予報も台風並みの雨雲がようやく北関東を抜けたと報じていた。

どうやら風雨だけは、鬼の力によるものではなく、実際にあったことのようだ。

このまま、真貴子や洋介の行方不明も、骨の風化とともに有耶無耶《うやむや》になってしまうに違いない。

警察に言うべきなのだろうが、どう説明しても信じてもらえそうにない。

「少ししたら、僕はもう一度ペンションに行ってみようと思うんだ」

「え……？」

呟くように言うと、千恵里がチラと彼を見て、すぐ前に目を向けた。

「風化寸前の、お骨の一片でもあれば供養《くよう》したいし、無理ならせめて花と線香でも上げた方が良いと思って。もちろん立美の分も」

丈太郎は言った。今回の夢のような女性運は、言ってみれば旅行を計画して皆を率《ひき》いた洋介のおかげのようなものなのだ。

「じゃ私も行くわ。今度は私の車で」

すると千恵里が言った。

「いや、一人で行く」

「百瀬君まで行方不明になったら嫌だから」

「大丈夫だよ。まあ、すぐというわけじゃないし、その時はまた相談する」

丈太郎は答え、やがて東天が白みはじめる頃には、車は無事に都内へと入った。

美雪と香澄は、大学近くの同じハイツに暮らしている。まず千恵里は、二人をハイツ前まで送り届けた。

「じゃまたミス研で」

「ええ、ゆっくり寝るといいわ。私も午後には大学へ行くつもりだから」

千恵里が言い、二人を降ろして再び走りはじめた。

そして日が昇る頃にはレンタカー屋へ行き、千恵里と丈太郎の二人で延滞料金を支払い、難なく手続きを終えた。

「亜紀のバッグも持って来てしまったわ……」

千恵里が言う。確かに、丈太郎が階下から声を掛けた時、千恵里は同室だった亜紀のバッグも一緒に抱えてきたのである。

「じゃ僕が預かるよ。供養に行った時、ペンションの廃屋に置いてくるから」

「ええ、それより、うちへ来て。すぐ近くだから」

千恵里が言い、彼もその気になって従った。

十分ほど歩くと、千恵里のマンションに着いた。五階まで上がり、中に招き入れられると、そこは広いワンルームだった。

奥の窓際にベッドがあり、手前はテレビとソファ、学習机に本棚が機能的に配置され、キッチンにはテーブルもあり、室内には生ぬるく甘ったるい匂いが立ち籠めていた。

家具はどれも高価そうで千恵里は車も持っているし、北海道にある実家は金持ちらしい。

「やっと落ち着けたわ」

千恵里が、服を脱ぎながら言う。もちろん丈太郎も眠くはなく、股間が熱くなっていた。

彼女もその気のようだから、どうやら衝動的な淫気《いんき》に包まれたペンションの余韻が、自宅に戻っても残っているのだろう。

「脱いで。やっぱり二人きりの方がドキドキするわ」

千恵里が言い、彼も手早く脱ぎ去って全裸になった。

丈太郎も、他の女性を気にせずに済む一対一の密室に興奮を高めていた。

ベッドに横になると、枕には彼女の匂いが沁み付き、その刺激が鼻腔からペニスに伝わってきた。

千恵里も一糸まとわぬ姿になってメガネを外そうとすると、

「あ、メガネは掛けていて。その方が興奮するから」

丈太郎は言った。彼女はメガネを掛けたまま、添い寝してきた。

同級生だが、やはり未熟な丈太郎からすれば彼女はお姉さんのようで、彼は甘えるように腕枕してもらい、白い膨らみに顔を寄せた。

千恵里も優しく胸に抱いてくれ、彼の前髪を掻《か》き上げた。

「そう、桃太郎さんだったのね。私が家来の犬とは思わなかったけど」

彼女は囁き、長い舌を伸ばして丈太郎の額をチロリと舐めてくれた。

「あう……」

生温かく濡れた舌が心地よく、彼は思わず呻き、ビクリと肩をすくめた。

何やら、ペンションでの出来事が全て夢まぼろしであり、いま初めて初体験をするような気分になっていた。

「何だか、すごく逞《たくま》しくなってるわよ。今までは分からなかったけど、やっぱり何日か過ごすと、見えなかった部分が新鮮に映るのね……」

千恵里が、彼の髪を撫《な》でながら囁いた。

あるいはそれは、あの母娘から体液を吸収し、多少なりとも鬼の力を宿しているからかも知れない。

丈太郎は、メガネ美女の濃厚な体臭に包まれながら、鼻先にある乳首にチュッと吸い付き、舌で転がしながらもう片方の膨らみを探った。

「あん……」

千恵里がビクリと反応して喘ぎ、彼の顔を胸に抱きすくめてきた。

柔らかな膨らみが顔中に密着し、丈太郎は心地よい窒息感の中で左右の乳首を交互に含んで舐め回した。

「アア、いい気持ち……」

彼女が喘いで仰向けの受け身体勢になっていったので、丈太郎も自然に上になってのしかかり、心ゆくまで膨らみを味わった。

さらに腋の下にも鼻を埋め込み、生ぬるく甘ったるい汗の匂いで胸を満たしてから、白く滑らかな肌を舐め下りていった。

形良い臍《へそ》をチロチロと探り、腰骨から股間の左右にあるY字の水着線にも舌を

這わせると、

「あう、そこダメ、くすぐったいわ……」

千恵里がクネクネと腰をよじって呻いた。

やはり他の子たちもいるペンションでなく、一対一の密室だから、感度も研《と》ぎ澄《す》まされているようだった。

丈太郎は股間を後回しにし、脚を舐め下りて足裏に舌を這わせ、揃った足指に裏側から鼻を擦りつけて嗅いだ。

昨日の昼間の4P以来シャワーも浴びていないだろうから、指の股が汗と脂にジットリ湿り、ムレムレの匂いが濃厚に沁み付いていた。

彼はメガネ美女の足の匂いで鼻腔を満たし、爪先にしゃぶり付いて両足とも全ての指の股に舌を割り込ませて味わった。

「アアッ……」

千恵里が激しく声を上げて悶《もだ》え、やがて彼は股を開かせ、脚の内側を舐め上げて股間に顔を迫らせていった。

割れ目からはみ出した陰唇は、ネットリと熱い大量の愛液に潤っていた。

顔を埋め込み、柔らかな恥毛に鼻を擦りつけて嗅ぐと、濃厚に蒸れた汗とオシッコの匂いが悩ましく鼻腔を掻き回してきた。

彼は胸を満たしながら、舌を挿《さ》し入れて淡い酸味のヌメリを探り、膣口からクリトリスまでゆっくりと舐め上げていった。

5

「ああ……、いい気持ち……」

千恵里が顔を仰け反らせて喘ぎ、内腿で丈太郎の顔をムッチリときつく挟み付けてきた。

彼ももがく股間を抱え込んで押さえ、チロチロと舌先で弾くようにクリトリスを刺激しては、溢れてくる熱いヌメリをすすった。

さらに彼女の両脚を浮かせ、白く豊かな尻の谷間に鼻を埋め込んだ。

薄桃色の蕾に籠もる蒸れた微香を充分に貪ってから、舌を這わせて息づく襞を濡らし、ヌルッと潜り込ませて滑らかな粘膜を探った。

「く……、そこダメ……」

彼女が肛門で舌先を締め付けながら呻き、白い下腹をヒクヒクと波打たせた。

丈太郎は舌を出し入れさせるように蠢かせ、ようやく脚を下ろすと再び割れ目に吸い付き、大洪水の愛液をすすってクリトリスを舐め回した。

「わ、私にも頂戴……」

千恵里が息を弾ませて言い、彼の下半身を求めて来た。

丈太郎も割れ目に顔を埋めながら身を反転させ、下半身を彼女の顔の方へ突き付けていった。

千恵里も彼の腰を抱き寄せ、やがて二人は互いの内腿を枕にしたシックスナインの体勢になった。

なおも彼は匂いに酔いしれながら愛液をすすり、クリトリスを吸うと、千恵里も張り詰めた亀頭にしゃぶり付き、モグモグとたぐるように喉の奥まで呑《の》み込んできた。

「ク……」

彼は快感に呻き、互いに熱い息を股間に籠もらせながら、最も敏感な部分を貪り合った。丈太郎が強くクリトリスを吸うと、

「ンンッ……！」

千恵里も呻き、反射的にチュッと強くペニスに吸い付き、熱い鼻息で陰嚢をく

すぐってきた。

やがて双方とも充分すぎるほど高まると、ほぼ同時に口を離した。

「こっちに来て……」

千恵里が言い、起き上がる気力も湧かないようで仰向けになった。

丈太郎も身を起こし、彼女の股を開かせて股間を進めた。

幹に指を添えて、唾液に濡れた先端を割れ目に擦り付け、ゆっくり挿入していった。

ペンションへ行く前は完全無垢《むく》な童貞《どうてい》で、数日間ですっかり挿入にも慣れてきた。張り詰めた亀頭が潜り込むと、あとは潤いに助けられヌルヌルッと滑らかに根元まで吸い込まれていった。

「アアッ……！」

千恵里が顔を仰け反らせて喘ぎ、キュッと締め付けてきた。

丈太郎も感触と温もりを味わいながら股間を密着させると、脚を伸ばして身を重ね、胸で押しつぶした乳房の弾力を味わった。

動かなくても、息づくような収縮にジワジワと快感が高まってきた。

彼が上からピッタリと唇を重ね、舌を挿し入れて滑らかな歯並びを左右にたどると、千恵里も歯を開いて舌をからませてきた。

生温かな唾液に濡れた舌がチロチロと滑らかに蠢き、彼は熱い吐息で鼻腔を湿らせながら、徐々に腰を突き動かしはじめた。

「ああ、いいわ……」

千恵里が口を離し、合わせてズンズンと股間を突き上げてきた。

日頃清楚《せいそ》なメガネ美女が、快感に喘ぐ表情は格別だった。

互いのリズムが一致すると、溢れる愛液で動きが滑らかになり、ピチャクチャと卑猥《ひわい》に湿った摩擦音も響いてきた。

彼女も下から両手を回して激しくしがみつき、熱く喘ぎ続けた。

口から吐き出される吐息は湿り気を含み、濃厚なシナモン臭が彼の鼻腔を悩ましく掻き回してきた。

丈太郎は美女の吐息で胸を満たし、動きを速めていった。

「い、いきそうよ、もっと強く……！」

千恵里が声を上ずらせ、膣内の収縮と潤いを増してきた。時に彼を乗せたままブリッジするように反り返り、腰が跳ね上がった。

もう丈太郎も限界である。

股間をぶつけるように激しい律動を繰り返しながら、我慢せずに昇り詰め、全身で大きな快感を受け止めると、

「く……！」

呻きながらありったけの熱いザーメンをドクンドクンと勢いよく注入した。

「あう、感じる、いっちゃう……、アアーッ……！」

噴出を受け止めると千恵里も声を上げ、ガクガクと狂おしいオルガスムスの痙攣を開始した。

膣内は彼の全身まで吸い込もうとするかのような締め付けが繰り返され、その心地よい摩擦の中で、丈太郎は心置きなく最後の一滴まで出し尽くしたのだった。

すっかり満足しながら徐々に律動を弱め、力を抜いてもたれかかると、

「ああ……、良かったわ……」

千恵里も肌の硬直を解き、うっとりと言って四肢《しし》を投げ出した。

まだ膣内はキュッキュッと収縮を繰り返し、刺激されるたびに過敏になった幹がヒクヒクと内部で跳ね上がった。

丈太郎は体重を預け、メガネ美女の喘ぐ口に鼻を押し当て、熱く湿り気あるシ

ナモン臭の吐息で胸をいっぱいに満たしながら、心ゆくまで快感の余韻を味わったのだった。

「亜紀がいなくなって、百瀬君は三人の中で、誰が好き……？」

千恵里が呼吸を整えながら、レンズ越しに薄目で彼を見上げて訊く。

「千恵里さん……」

「うそ……、美雪も香澄もそれぞれに魅力的だわ」

「うん、みんな違ってみんないい」

「そんな、金子《かねこ》みすゞみたいなことを……」

千恵里が苦笑して言い、キュッと膣内を締め付けると、満足げに萎《な》えかけたペニスがヌメリで押し出されてきた。

そのまま彼も股間を引き離し、ゴロリと横になった。

「どうする、寝ていく？」

「いや、帰ってうちで休んでから、昼過ぎに大学へ行く」

「そう、じゃ私もそうするわ」

千恵里も、そのまま眠そうにしているので丈太郎はそっと身を起こした。

シャワーは帰ってからにして、すぐ身繕《みづくろ》いをすると、

「じゃ午後に」

千恵里に言って、自分と亜紀のバッグを抱えると、彼女も施錠のためドアまで来た。

丈太郎はマンションを出て、途中でバスに乗ってアパートまで戻った。

とにかく、生きて自室に帰ってこられたのだ。

まだ一眠りできるだろう。

シャワーは起きてから浴びることにし、彼はジャージ姿のまま、すぐベッドに横になった。

ふと、亜紀のバッグをたぐり寄せ、中を開けて見た。

そこには美少女の服やジャージ、化粧道具などが詰め込まれ、ほんのり甘ったるい匂いが感じられた。

中にスマホが入っていたが、とても洋介殺害の動画を確認する気にはなれず、元通り全てバッグに収めて眠ることにした。

さすがに疲れていたのか、すぐに眠り込み、何の夢も見ることなく丈太郎は昼少し前に目覚めた。

起きてシャワーを浴びて歯磨きをし、食事は学食で取ることにして、着替えてアパートを出た。

通学には愛用の、折り畳み式の自転車を使っている。これは、今度一人でペンションに行く時、リュックに括《くく》り付けていこうと思っている。

やけに踏むペダルが軽いのは、あるいは母娘からもらった鬼の気を宿しているからなのだろうか。

やがて大学に着き、丈太郎は学食でカツ丼を頼んだ。

もう肉を食うことに抵抗は無い。彼女たちの食生活も、そのうち徐々に元通りになっていくことだろう。

学食内は、丈太郎たちが超常体験をし、しかも多くの女性を知ったことなど何もなかったかのように、男女の学生たちで賑《にぎ》わい、いつもと変わらぬ日常がそこにあった。

今日は講義に出る気持ちになれないので、平常の生活は明日からということにし、丈太郎は自宅のように最も寛《くつろ》げる、ミス研の部室に足を運んだ。

机に本棚が並び、奥には給湯室があり、これもいつもの風景だが、もう顧問の真貴子はいない。

すると、そこに一人だけ美雪がいたのだった。

第六章　鬼と死者との交歓

1

「充電したら、お友達からずいぶんラインが入っていたわ。何日か連絡が取れなかったので心配してくれていたみたい」

美雪が、スマホをいじりながら丈太郎に言う。もう、全て返信を終えたところらしい。

「そう、僕は誰からも入っていなかったよ」

彼も、スマホを出して答え、確認だけしてすぐにポケットに入れた。

「でも、ペンションに行っていたことは誰にも言わなかったわ。スマホが故障していたと言っただけ」

「うん、それでいいよ」

丈太郎は答え、美雪からは周囲の情報などを訊《き》き出した。

「立美君は、姿が見えなくても誰も心配していないみたい。サボることは年中だったから。でも真貴子先生は大学と親が心配して、捜索願を出したようだわ。親と警察で、先生の部屋を見たけど何の手がかりもなかったらしい」

「そうか。胸が重くなるけど、どう仕様もないな……」

「ええ、私たちも、なるべく先生の話題を出すのは止《よ》しましょう」

美雪が言い、スマホをバッグにしまった。

美雪は、さっき千恵里と香澄にも学内で会ったようだが、二人とも元気に午後の講義に向かったらしい。

「私は講義に出る気になれないので、今日はこれで帰りますね」

「そう、僕も明日から平常に戻ることにするよ」

「うち来ます?」

美雪が顔を上げ、眉を隠す前髪を揺らして訊《き》いた。

やはり一人で部屋にいるより、誰かと一緒にいたいらしい。それは友人ではなく、同じ体験をした当事者同士が良いのだろう。

「うん、じゃ少しだけお邪魔しようか」

丈太郎もその気になり、期待に股間を疼《うず》かせながら二人で部屋を出た。

朝から千恵里と濃厚な一回を済ませているが、もちろん一眠りしたから淫気《いんき》は満々である。

自転車を押し、美雪と一緒に大学を出ると、彼女の住まいは歩いて五分ばかりの近所だ。

ハイツは二階建ての瀟洒《しょうしゃ》な建物で上下三所帯ずつ、美雪の部屋は一階の右端で香澄は二階の真ん中らしい。

鍵を開けて迎え入れられると、やはり室内には生ぬるい女の匂《にお》いが籠《こ》もっていた。入ってすぐに清潔なキッチンにテーブル、居間にはテレビとソファがあり、あとは寝室と勉強部屋の２ＤＫだ。

ドアが開けっ放しの勉強部屋を見てみると、机の他は多くの本棚が所狭しと並べられ、夥《おびただ》しい本が並んでいた。大部分は、神秘学とミステリーである。

寝室の方もドアが開いていたので見ると、ベッドと化粧台の他は、やはり読みかけの本が積まれていた。

美雪がソファをすすめてくれ、冷蔵庫から出したペットボトルの烏龍茶《ウーロンちゃ》をグラスに注《そそ》いでくれた。

やがて二人は、消されているテレビに向かって並んで座った。四十インチ前後の液晶画面に、二人の影が映っている。

「午前中は眠れた？」

「ええ。香澄もぐっすり眠ったと言って、お昼に一緒に大学へ行ったの」

「そう、僕もだ。何だか、ペンションの数日間が幻《まぼろし》のようだね」

「でも、二人が死んだのは確かだから」

美雪が、無残な死に様を思い出しながら肩をすくめて言った。

「そうだね。それさえ無ければ貴重な神秘体験だったのに」

「また行くんですか、本当に」

「ああ、今度の土曜でも花を持っていくよ。もちろん日帰りで」

「私も行きたい」

「いや、一人で行かせてくれ。みんなの分まで冥福《めいふく》を祈ってくるから」

丈太郎が答えると、美雪は小さく嘆息《たんそく》し、黙って彼の肩に寄りかかってきた。

彼は伝わる温もりに、ムクムクと勃起しはじめてしまった。

そして肩に手を回し、ボブカットの黒髪に鼻を埋めて甘い匂いを嗅《か》ぎながら抱き寄せると、

「ベッドへ……」

美雪が言い、二人は立ち上がった。

寝室に入ると、さらに甘ったるい匂いが立ち籠め、彼は興奮を高めながら手早く脱いでいった。あのペンションの数日間がなければ、美雪の部屋に入る機会などなかっただろう。

先に全裸になってベッドに横たわると、やはり枕には髪の匂いや汗や体臭、涎《よだれ》など、ボブカットをした不思議ちゃんの悩ましい匂いが濃厚に沁《し》み付いて鼻《び》腔《こう》が刺激された。

美雪は背を向けてブラウスとスカートを脱ぐとブラを外し、白く滑《なめ》らかな背中を露《あら》わにした。

そしてソックスを脱いで、ためらいなく最後の一枚を下ろすと形良い尻がこちらに突き出された。

やがて一糸まとわぬ姿になると向き直ったので、

「また人間椅子《いす》する？」

丈太郎が言って仰向けになり、両膝を立ててやると、美雪も頷《うなず》いてベッドに上がってきた。

そして彼の下腹を跨《また》ぎ、座り込んでピッタリと肌に割れ目を密着させてきた。

丈太郎の膝《ひざ》に寄りかかり、両足を伸ばして足裏を彼の顔に乗せると、

「ああ……」

美雪はうっとりと喘《あえ》ぎ、全体重を預けてきた。

彼も重みと温もり、下腹に押し付けられる割れ目を感じながら陶然《とうぜん》となり、両の踵《かかと》から土踏まずに舌を這い回らせた。

縮こまった指の間に鼻を押し付けると、明け方に帰宅してシャワーを浴びただろうに、そこは汗と脂に湿り、ムレムレの匂いが濃く沁み付いていた。

お人形のように可憐《かれん》な美雪がナマの匂いをさせているのに、ギャップ萌《も》えの興奮が湧《わ》き、急角度に勃起したペニスが彼女の腰に触れた。

両の爪先《つまさき》に鼻を擦《こす》りつけ、充分に蒸れた匂いを貪《むさぼ》ってから、それぞれの足指をしゃぶり、全ての指の股に舌を割り込ませて味わうと、

「あう、くすぐったいわ……」

美雪がビクリと反応して呻《うめ》き、下腹に密着した割れ目の潤《うるお》いを増してきた。

丈太郎は爪先をしゃぶり尽くすと口を離し、彼女の手を引いた。美雪も脚を顔の左右に置き、前進して顔に跨がってくれた。

和式トイレスタイルになると、M字になった脚がムッチリと張り詰め、濡《ぬ》れた

割れ目が鼻先に迫ってきた。

　はみ出した陰唇が蜜《みつ》を宿《やど》し、ヌラヌラと美味《おい》しそうに潤っている。

　腰を抱き寄せて茂みに鼻を埋めて嗅ぐと、生温かく蒸れた汗とオシッコの匂いが籠もり、悩ましく鼻腔を掻《か》き回してきた。

　彼はうっとりと酔いしれ、胸を満たしながら舌を挿《さ》し入れ、膣口《ちつこう》の襞《ひだ》をクチュクチュ掻き回して淡《あわ》い酸味のヌメリをすすり、ツンと突き立った大きめのクリトリスまで舐《な》め上げていった。

「アアッ……、いい気持ち……」

　美雪が熱く喘ぎ、白い下腹をヒクヒク波打たせながら、座り込まないよう懸命に彼の顔の左右で両足を踏ん張っていた。

　チロチロとクリトリスを刺激すると、愛液の量が増し、トロトロと滴《したた》ってきた。

　それをすすり、存分に匂いを味わってから、彼は尻の真下に潜り込んだ。

　顔中にひんやりする双丘を受け止め、谷間にひっそり閉じられた、レモンの先のような蕾《つぼみ》に籠もる蒸れた微香を貪った。

　充分に舌を這わせて襞を濡らし、ヌルッと潜り込ませると、

「あう……」

美雪が息を詰めて呻き、モグモグと肛門《こうもん》で舌先を締め付けた。

丈太郎は滑らかな粘膜を探ってから、再び割れ目に戻り、大洪水になっている愛液を舐め取り、クリトリスに吸い付いていった。

「ああ……、いいわ……」

美雪は喘ぎ、クネクネと身悶《みもだ》えながら絶頂を迫らせたが、やがてやんわりと股間を引き離していった。

そして今度は自分の番とばかりに、仰向けの彼の乳首に吸い付き、熱い息で肌をくすぐりながら舐め回してくれた。

「ああ、嚙《か》んで……」

受け身に転じ、喘ぎながらせがむと、美雪も綺麗《きれい》な歯並びでキュッキュッと乳首を嚙み、甘美な刺激を与えてきた。

「もっと強く……」

言うと彼女も左右の乳首を舌と歯で充分に愛撫《あいぶ》し、やがて胸から腹へと肌を舐め下りていった。

大股開きになると彼女も真ん中に腹這い、彼の脚を浮かせて尻の谷間を舐めて

くれた。熱い鼻息で陰嚢《いんのう》をくすぐりながら、ヌルッと舌が潜り込むと、

「あう……」

丈太郎は快感に呻き、肛門を締め付けて美女の舌先を味わった。

彼女も厭《いと》わず中で舌を蠢《うごめ》かせてから、脚を下ろして陰嚢をしゃぶり、袋全体を生温かな唾液にまみれさせてから、ゆっくりと肉棒の裏側を舐め上げてきた。

2

「あう、気持ちいい……」

丈太郎は滑らかな舌を感じながら呻き、ヒクヒクと幹を震わせた。

美雪も先端まで来ると、幹に指を添え、粘液の滲《にじ》む尿道口をチロチロと舐め回し、張り詰めた亀頭にしゃぶり付いた。

そのままスッポリと喉《のど》の奥まで呑み込むと、上気した頬をすぼめて吸い付き、たまにチラとつぶらな目を上げて彼の様子を見た。

口の中ではチロチロと舌が蠢いてからみつき、たちまち彼自身は生温かく清らかな唾液にまみれた。

快感に任せて思わずズンズンと股間を突き上げると、先端がヌルッとして喉の奥の肉に触れ、

「ンン……」

美雪が呻き、合わせて顔を上下させはじめた。濡れた口がチュパチュパと幹を摩擦し、いよいよ彼は絶頂を迫らせていった。

やはりペンションという異世界でなく、リアルに女子学生が住んでいる部屋で行うのは格別なものだった。

「い、いきそう……」

彼が警告を発すると、美雪もすぐにチュパッと口を離し、顔を上げた。

「上でもいいですか……」

訊くので頷くと、彼女もすぐに前進して股間に跨がってきた。

美雪は幹に指を添え、もう片方の手では陰唇を広げ、先端を膣口に受け入れていった。

ヌルヌルッと受け入れながら座り込んでくると、

「アアッ……！」

彼女は顔を仰《の》け反《ぞ》らせて喘ぎ、ピッタリと股間を密着させてきた。

丈太郎も肉襞の摩擦と温もり、締め付けと潤いに包まれながら快感を味わい、両手を回して彼女を抱き寄せた。

身を重ねてくる美雪の胸に潜り込み、乳首に吸い付いて舐め回し、顔中で柔らかく張りのある膨らみを嚙み締めた。

左右の乳首を交互に含んで舌で転がし、さらに腋《わき》の下にも鼻を埋め込むと、甘ったるい汗の匂いが鼻腔を刺激してきた。

「いい気持ち……」

美雪は熱く囁《ささや》き、遠慮無く体重を預けながら徐々に腰を突き動かしはじめた。

彼も両膝を立てて蠢く尻を支え、ズンズンと股間を突き上げ、何とも心地よい摩擦と締め付けに高まった。

「い、いきそう……」

美雪が収縮を強めて言い、愛液の量も増してきた。

そして上からピッタリと唇を重ねてきたので、彼もグミ感覚の弾力と唾液の湿り気を味わい、熱い息で鼻腔を湿らせながら舌を挿し入れていった。

美雪もチロチロと舌をからめ、丈太郎は下向きの彼女の口から流れる生温かな唾液をすすった。

「もっと唾を垂らして……」

唇を触れ合わせたまま囁くと、美雪も懸命に分泌させ、口移しにトロトロと注ぎ込んでくれた。

丈太郎は生温かく小泡の多いシロップを味わい、うっとりと喉を潤して酔いしれた。さらに彼女の口に鼻を押し込み、熱く湿り気ある果実臭の息を嗅ぐと、急激に絶頂が迫ってきた。

今日も美雪の吐息は、イチゴかリンゴでも食べた直後のように、濃厚に甘酸っぱい匂いを含んで鼻腔を刺激した。

「ああ、いく……！」

あっという間に絶頂の快感に貫かれ、丈太郎は口走りながら、ドクンドクンと勢いよく射精してしまった。

「熱いわ、いっちゃう……、アアーッ……！」

噴出を感じると、美雪も声を上ずらせて彼のザーメンを受け止め、ガクガクと狂おしいオルガスムスの痙攣《けいれん》を開始した。

彼は心ゆくまで快感を味わい、最後の一滴まで出し尽くしていった。

とかく旅先での関係は、日常に戻ると醒《さ》めてしまう場合が多いと言うが、当分は美雪その他の女性たちとは夢の関係が続きそうである。

丈太郎は深い満足感に包まれながら突き上げを弱めてゆき、まだ息づく膣内でヒクヒクと過敏に幹を跳ね上げた。

「あう……」

美雪も刺激されて呻き、キュッキュッときつく締め上げながら、徐々に力を抜いてグッタリともたれかかってきた。

彼は完全に動きを止め、なおも美雪の口に鼻を押し付けて濃厚な吐息を嗅ぎ、うっとりと快感の余韻を味わった。

「も、もうダメ……、離れるわね……」

やがて美雪が言い、そろそろと股間を引き離すと、枕元のティッシュで手早く割れ目を拭い、彼の股間に屈み込んだ。そして愛液とザーメンにまみれて湯気の立つ先端を舐め回し、パクッと亀頭を含んで吸いながら、舌を這わせて念入りに清めてくれたのだ。

「あうう、も、もういいよ、有難《ありがと》う……」

彼はクネクネと腰をよじって呻き、ヒクヒクと幹を震わせながら降参した。

ようやく美雪も口を離して添い寝し、甘えるように身を寄せてきた。

腕枕してやると、二の腕にかかる重みが心地よかった。

しばし荒い呼吸を整えていたが、丈太郎は物知りの彼女に訊いてみた。

「鬼が、桃太郎に勝つ方法というのはあるんだろうか……」

「ないですね。日本中にある桃太郎の伝承で、鬼がリベンジしたという話は一つも聞いていません」

美雪が答えた。

「でも」

「でも何……？」

「仲間になってしまうことならあります」

「なるほど、鬼が改心して仲間になってしまえば、双方とも平和でいい」

「そうではなく、桃太郎が鬼になってしまう場合です」

「え……？」

「いくら改心しても、もともと鬼は生きていくために人を食べるものなんです。折り合いを付け、戦わずに歩み寄るなら桃太郎の方でしょうね」

丈太郎には、よく分からなかった。

少々の犠牲は、黙認するということなのだろうか。

あるいは吸血鬼やゾンビのように、被害者が鬼となって増えていくのを、互いに調整し合って共存するということなのだろうか。

「ああ、眠ってしまいそうだわ。シャワー浴びてきますね」

やがて美雪が言い、起き上がってバスルームに行った。

一緒に浴びようかとも思ったが、それをするとまたすぐ回復し、切りが無くなりそうだった。

だから丈太郎は、少し休憩してから身を起こし、シャワーは帰宅してからということにして身繕《みづくろ》いをした。

待っていると、すぐに美雪が出てきた。

「じゃ帰るので、また明日ね」

「ええ、またミス研で」

彼が立ち上がって言うと、美雪も答えて玄関まで見送ってくれた。

やがて丈太郎は自転車に跨がり、アパートへと帰ったのだった。

日が暮れたので、インスタントものの夕食を済ませ、明日に備えて早寝することにした。

（色んなことがありすぎたな……）

丈太郎は、ペンションでの出来事を一つ一つ振り返り、やがて深い睡りに落ちていったのだった……。

そして翌日から、彼は講義に出て、ミス研の部室にも顔を出すという日常が再開された。

次第に、行方不明の真貴子や洋介の話題も学生たちから出なくなった。

やがて土曜日の朝に丈太郎は、亜紀のバッグと折り畳み自転車を背負い、アパートを出た。

どうせ日帰りだから、自分の荷物は何もなく、ポケットの財布とスマホだけである。そして特急を降りてローカル線に乗り換え、終着駅で自転車を組み立て、ペンション目指して走りはじめたのだった。

3

（あ……、さらに朽《く》ち果てているか……）

ペンションに着くと、荒れ果てた様子に丈太郎は自転車を停めた。

降りて近づくと、小屋はほとんど崩れ、百合子の乗用車も錆《さ》びた鉄塊と化していた。

廃材同然となった小屋の中を覗《のぞ》いてみたが、洋介の白骨らしきものすらなく、雨水を吸った段ボール箱も、その形をとどめていなかった。

丈太郎は、亜紀のバッグに入れておいた花と線香を出した。特急の乗り換えの時に買ったものだ。

廃材の片隅に花を置いてしゃがみ込み、マッチを何本か擦って線香に火を点けた。乾いた土の上に置いたが、今さら火事の心配もなく、周囲に燃えるものもないので大丈夫だろう。

小屋の廃材に手を合わせると、彼はまたバッグを持ち、せいざん荘を見回して裏手へと回った。

建物も地震に遭《あ》ったように原型もなく、元は二階建てだったことも分からなくなっていた。だからテラスも何も無く、念入りに探しても真貴子の骨らしきものは見当たらなかった。

それでも余りの花を供《そな》え、線香に火を点けて置き、手を合わせた。

そして亜紀のバッグも、廃材の隙間へと押し込んでおいた。

山道の奥まった場所で観光客も来ず、別に心霊スポットというわけでもないので放置して構わないだろう。このバッグも、中身とともに間もなく風化してなくなってしまうだけのものである。

(真貴子先生……)

丈太郎は立ち上がり、もう一度彼女に声を掛け、そしてふっと息を吐くと正面に回って自転車に向かっていった。

バッグもないので、手ぶらで軽々と自転車で帰れる。

とにかく、来て手を合わせたので気持ちは少しだけ楽になった。誰からも供養《くよう》されないというのは、あまりに気の毒である。

そして自転車に近づくと、

「待って」

丈太郎は、いきなり背後から声を掛けられた。

驚いて振り向くと、何とペンションが新品のように目の前に建ち、玄関の前には、ラフな軽装の真貴子が立っているではないか。

「ま、真貴子先生……!」

彼は息を呑《の》んで言い、吸い寄せられるように真貴子に近づいていった。

清楚《せいそ》なワンピースは、彼女がここへ来た時の服装だろう。セミロングの黒髪に、憧れ続けた美貌、豊かな胸の膨らみに、ほんのり漂う甘い匂い。

この姿を、また見られるとは思っておらず、彼は胸が詰まった。

（いや、これはあるいは、彼女を食った百合子さんが化《ば》けているのか、あるいは鬼に食われた先生が、ゾンビのように甦《よみがえ》ったのか……）

きつく拳《こぶし》を握って手のひらに爪を立ててみたが、普通に痛みが感じられるので、夢ではないようだ。

どうやら、また鬼の力による、夢まぼろしの世界に入ってしまったらしい。

それでも彼は、真貴子と話したくて近づくと、

「入って」

彼女がドアを開けて丈太郎を招き入れた。

恐ろしさはなく、むしろ真貴子に再会できた喜びに包まれながら、彼は入っていった。

もう二度と見ることはないと思っていたリビングと廊下だ。しかし真貴子は、リビングのソファではなく、百合子の私室に彼を招いて入った。

そしてベッドに並んで腰を下ろす。

「あ、あなたは、本当に真貴子先生ですか。それとも百合子さんが化けたものですか……」

丈太郎は、横向きになって真貴子の顔を見ながら訊いてみた。

「私は本当の真貴子よ。この敷地から出られないので、あなたを呼んだの」

彼女が微《かす》かな笑みを含み、弾むような声で答えた。

では、地縛霊《じばくれい》というものだろうか。

「失礼ですが、触れても構いませんか……」

言って手を差し出すと、真貴子が手のひらを重ねてくれた。温かく柔らかい、血の通った人間の肌としか思えなかった。

「百合子さんと三人で、リビングで夜遅く飲みましたよね。確か停電になる直前まで」

「ええ」

「そのあとのことは覚えていますか」

「あまり……、ただ寝ようとしたら百合子さんにキッチンから呼ばれて、テラスに出たわ。あとはわけが分からなくなって……」

「恐いとか痛いとか……」

「いいえ、何も考えられず、ただぼうっとなって、気がついたらここから出られなくなったけど、何も食べなくても体は快適」

真貴子が言う。そのまま彷徨《さまよ》っていただけらしいが、苦痛がなかったことだけが僅《わず》かな救いである。

「僕を呼んだと言ったけど、ここへは自分の意思で来たんですが」

「そうでしょうけど、あなたの強い念が感じられたの」

「どんな念です？」

「私だけ抱けなかったという悔いが」

「…………」

言われて、あまりの図星に丈太郎は絶句し、握っていた手を離して硬直した。

確かに、居並ぶ女性たちの誰もと懇《ねんご》ろになり、快楽の限りを尽くしたが、真貴子だけとはしていないので、その執着と熱い思いが、真貴子の霊にも伝わっていたのだった。

「その思いは、鬼が人を食べたいのと同じぐらい、大きなものだったのね」

真貴子が言い、ベッドから立ち上がり服を脱ぎはじめた。

「せ、先生……」

「して構わないわ。それであなたが満足すれば、私も解放されて永遠の眠りにつける」

彼女の言葉に、丈太郎は悲しみと欲望の、複雑な思いに囚《とら》われた。

それなのに、股間ばかりが熱くなり、ムクムクと痛いほど突っ張りはじめているのだ。

これも、母娘の体液から鬼の気を吸収しているからなのかも知れない。

真貴子が、甘い匂いを揺らめかせながら脱いでゆき、見る見る白く滑らかな柔肌が露わになっていった。

彼も立ち上がり、我慢できず手早く脱ぎはじめていった。

何やら童貞《どうてい》に戻り、憧れの真貴子に手ほどきを受けるような気分である。

互いに一糸まとわぬ姿になると、二人はベッドに横になった。

丈太郎が仰向けになると、真貴子は上から顔を寄せ、彼の頰を撫《な》でて前髪を掻き上げた。

「これね、百合子さんが恐れた鬼除けのマークは」

真貴子が囁き、そのまま迫ってチュッと彼の額に唇を押し当ててきた。

「ああ……」

憧れの真貴子の口づけを受け、丈太郎はうっとりと喘いだ。

真貴子の形良い唇は赤い光沢を放ち、ほんのり濡れて心地よかった。

彼女はチロリと舌を這わせると、そのまま鼻筋をチュッチュッと軽やかに下降し、やがて熱烈に唇を重ねてきた。

丈太郎は密着する唇の感触と、唾液の湿り気を感じ、まるでファーストキスのような感激に包まれた。

真貴子の熱い鼻息が彼の鼻腔をくすぐり、触れ合った唇が開くと舌が伸ばされてきた。

歯を開いて受け入れ、彼もネットリと舌をからみつけ、温かな唾液に濡れて滑らかに蠢く美人教師の舌を味わった。

「ンン……」

真貴子が熱く鼻を鳴らし、舌を動かしながら彼の頬や髪を撫で回した。

丈太郎も唾液と吐息を感じながら、そろそろと乳房に手を這わせると、それは何とも豊かな張りを持ち、乳首もコリコリと硬くなっていた。

「ああッ……」

指の腹で乳首をいじると、真貴子が口を離して熱く喘いだ。その吐息は花粉のように甘い刺激を含み、彼の鼻腔をうっとりと掻き回してきた。

やがて彼が白い首筋を舐め下り、乳首に移動していくと真貴子も仰向けの受け身体勢になっていった。

「いいのよ、好きなようにして……」

彼女が身を投げ出して言い、丈太郎は息づく巨乳に顔を埋めて乳首を含み、もう片方を揉みしだきながら味わいはじめた。

左右の乳首を愛撫し、腋の下に鼻を埋めると、スベスベの腋は生ぬるく湿り、甘ったるい濃厚な汗の匂いが籠もって彼を酔わせた。

丈太郎は充分に胸を満たしてから、三十歳を目前にした柔肌を舐め下り、腰から脚を舌でたどっていった。

誰が相手でも、彼の愛撫の順序はほぼ同じである。

性急になりそうな気持ちを抑え、丈太郎はスラリとしたスベスベの脚を舐め下り、足首から足裏に回り込んだ。

そして形良い足裏を舐め、揃《そろ》った指に鼻を割り込ませると、汗と脂の湿り気と悩ましく蒸れた匂いが感じられた。

恐らく匂いも感触も、彼女が生きていた頃のままなのだろう。

丈太郎は爪先をしゃぶり、両足とも全ての指の股を味わい尽くすと、

「アア……、ダメよ、汚いから……」

真貴子が女教師らしく、窘《たしな》めるように言ったが拒みはしなかった。

やがて丈太郎は、充分に味と匂いを貪ってから、彼女を大股開きにさせ、脚の内側を舐め上げて股間に迫っていった。

4

「アア……、恥ずかしいわ、そんなに見ないで……」

割れ目に迫り、指で陰唇を広げると、真貴子は股間に丈太郎の熱い視線と息を感じて喘いだ。

恥毛は程よい範囲に茂り、ピンクの花びらの中はヌラヌラと大量の愛液に潤っている。

膣口は花弁状の襞が入り組んで息づき、小さな尿道口も確認でき、包皮の下からは小指の先ほどのクリトリスが、光沢を放ってツンと突き立っていた。

堪《たま》らずに顔を埋め込み、柔らかな茂みに鼻を擦りつけて嗅ぐと、やはり蒸れた汗とオシッコの匂いが馥郁《ふくいく》と籠もり、悩ましく鼻腔を掻き回してきた。

丈太郎は胸を満たしながら舌を這わせ、陰唇の内側に差し入れて息づく膣口を舐め回した。

淡い酸味のヌメリが、すぐにも舌の蠢きを滑らかにさせ、彼はそのままクリトリスまで舐め上げていった。

「ああっ……！」

真貴子がビクッと顔を仰け反らせ、彼の顔を内腿でキュッときつく挟み付けながら喘いだ。チロチロとクリトリスを執拗《しつよう》に刺激すると、さらに愛液の量が増してきた。

彼は充分に匂いと味を堪能し、さらに彼女の両脚を浮かせ、意外に豊満な尻に迫っていった。

弾力ある双丘に顔中を密着させ、谷間に閉じられた薄桃色の蕾に鼻を埋め込むと、やはり蒸れた匂いが籠もって鼻腔が刺激された。

細かに収縮する蕾に舌を這わせて濡らし、ヌルッと潜り込ませて滑らかな粘膜を探ると、

「あう、ダメ……」

真貴子が呻き、キュッと肛門で舌先を締め付けてきた。

丈太郎は舌を蠢かせ、淡く甘苦い微妙な味わいを掻き回した。そして脚を下ろし、再び割れ目に戻って大量の愛液をすすり、チュッとクリトリスに吸い付いていった。

「い、いきそうよ、今度は私がしてあげる……」

絶頂を迫らせたように真貴子が声を震わせ、身を起こしてきた。

丈太郎も股間を這い出して移動し、仰向けになって股を開くと、真貴子が彼の股間に顔を迫らせた。

熱い息がかかり、そっと幹に指が添えられると、粘液の滲む先端にチロリと舌が触れてきた。

「ああ……」

丈太郎は、憧れの美人先生に舐められて喘ぎ、すぐにも暴発しそうなほどの高まりと興奮を得た。

真貴子も尿道口から張り詰めた亀頭全体に舌を這わせ、やがて丸く開いた口にスッポリと呑み込んでいった。

喉の奥まで含むと、幹を締め付けて吸い、熱い鼻息で恥毛をくすぐりながら、口の中ではクチュクチュと舌が蠢いた。彼自身は、温かく清らかな唾液にまみれて震え、思わず股間を突き上げると、

「ンン……」

真貴子が小さく呻き、顔全体を小刻みに上下させ、濡れた口でスポスポとリズミカルに摩擦してくれたのだった。

「アア、先生、いきそう……」

すっかり高まった丈太郎が言うと、真貴子も動きを止めてスポンと口を引き離してくれた。

「い、入れて下さい。どうか上から……」

彼が言うと、真貴子は前進してペニスに跨がってきた。

唾液に濡れた先端に割れ目を押し付け、位置を定めると息を詰めて、ゆっくり腰を沈み込ませていった。

張り詰めた亀頭が潜り込むと、あとは重みと潤いでヌルヌルッと滑らかに根元まで受け入れた。

「アアッ……！」

真貴子が股間を密着させ、顔を仰け反らせて喘いだ。

丈太郎も肉襞の摩擦と温もり、締め付けと潤いに包まれながら快感を嚙み締めた。とうとう、憧れの真貴子と一つになれたのである。

真貴子は彼の胸に両手を突っ張り、何度か密着した股間をグリグリ動かしていたが、やがて上体を起こしていられなくなったように身を重ねてきた。

丈太郎も下から両手を回してしがみつき、僅かに両膝を立てて豊かな尻の蠢きを支えた。

彼の胸に柔らかな乳房が密着し、恥毛が擦れ合い、コリコリする恥骨の膨らみも下腹部に伝わってきた。

丈太郎は小刻みにズンズンと股間を突き上げると、

「アア……、いい気持ちよ、すごく……」

真貴子が合わせて腰を遣いながら、熱く喘いだ。

湿り気ある花粉臭の吐息に鼻腔を刺激され、彼は次第に勢いを付けて股間を突き上げた。

鼻を押し込んで胸いっぱいに吐息を嗅ぐと、真貴子もチロチロと舌を這わせ、彼の鼻にしゃぶり付いてくれた。

「ああ、いく……！」

このまま呑み込まれたい興奮に包まれながら、丈太郎は息の匂いと膣の摩擦に激しく昇り詰めてしまった。

熱い大量のザーメンがドクンドクンと勢いよくほとばしると、

「い、いっちゃう……、アアーッ……！」

噴出を感じた真貴子も声を上ずらせ、ガクガクと狂おしいオルガスムスの痙攣を開始したのだった。

丈太郎は彼女の口に顔中も擦りつけ、清らかな唾液でヌルヌルにまみれながら快感を味わい、心置きなく最後の一滴まで出し尽くしていった。

満足しながら突き上げを止めると彼女も動きを止め、硬直を解いてグッタリともたれかかってきた。

「ああ……、気持ち良かったわ……」

真貴子が言い、まだ名残惜しげに収縮する膣内の刺激で、幹がヒクヒクと過敏に跳ね上がった。

そして丈太郎も力を抜き、真貴子の熱く甘い吐息を間近に嗅ぎながら、うっとりと快感の余韻に浸り込んでいった。

「教え子としたの初めて……」

彼女が囁き、呼吸を整えるとそろそろと股間を引き離して添い寝してきた。

丈太郎は甘えるように腕枕してもらい、匂いと温もりに包まれながら乳房に頬を当てた。

この世のものでない相手という意識はなく、彼は回復したらまだまだやりたかった。しかし真貴子は満足げに身を投げ出していたが、ふと気づくと、その姿が消え失せていた。

「せ、先生……」

丈太郎は驚いて身を起こし、周囲を見回したが真貴子の姿はなく、脱いだ服も見当たらなかった。

どうやら、本当に成仏《じょうぶつ》したということなのだろうか。

彼は探すのを諦め、再びベッドに横になった。

しかし、間もなくペンションが廃墟《はいきょ》に戻ってしまうかも知れないので、いつでも飛び起きられる心構えでいた。

だが真貴子が消え去っても、室内の様子はそのままである。

（まだ建物に鬼の力が宿っているということは……）

丈太郎は思い、横になったままドアの方を見た。

すると、そこに青いコートを着た亜紀が立っていたのである。

5

「あ、亜紀ちゃん……」

丈太郎が驚いて飛び起きようとすると、近寄った亜紀がベッドに上り、彼を抑えつけながら添い寝してきた。

そのまま腕枕してくれたので、何やら彼は、美人教師が急に美少女に入れ替わったような錯覚を起こした。

亜紀は、もう丈太郎を恐れている様子はない。

「バッグを持って来てくれて有難う」

彼女が可憐な声で囁いた。フードをかぶっているが、コートの前は開かれて下は全裸、形良い乳房がはみ出している。

「でも、近々大学へ戻るわ」

「え……、あの三人が驚くだろう……」

「ううん、三人のここでの記憶は失くして、今まで通りの一年生として接してもらうの」

「どうして大学へ戻りたいの」

「鬼界は味気なくて退屈だし、大学には百瀬さんがいるから」

「もう恐くないの？」

「ええ、食べることは諦めたわ。それに、もう百瀬さんは、ママと私の体液を吸収しているし、しかも真貴子先生という死者とまで交わったのだから、もう半分以上鬼界の人間だわ」

亜紀が近々と顔を寄せ、可愛らしく甘酸っぱい吐息で囁く。

（桃太郎が鬼の仲間になって共存……）

丈太郎は、美雪の言ったことを思い出していた。

そして美少女のかぐわしい吐息で鼻腔を刺激され、彼自身はたちまちムクムクと回復していった。

「食べるのは無理だけど、せめて飲ませて。百瀬さんの種を」

彼女が言い、手を伸ばして強《こわ》ばりを包み込んできた。

柔らかな手のひらでニギニギと愛撫されると、たちまちペニスは最大限に勃起し、元の硬さと大きさを取り戻してしまった。

もちろん飲んでもらうのは嫌ではないが、すぐ果てるのは勿体《もったい》ないし、射精したばかりなので、彼は絶頂寸前までゆっくり快感を味わいたかった。

唇を求めると、亜紀も指の愛撫を続けながら、上からピッタリと重ね、チロチロと舌をからめてくれた。

そしてことさらに、トロトロと生温かく小泡の多い唾液を口移しに注ぎ込んでくれたのである。

丈太郎は美少女のシロップを味わい、うっとりと喉を潤しながらジワジワと高まっていった。

彼は充分に舌の蠢きと唾液を味わうと、さらに亜紀の可憐な口に鼻を押し込み、果実臭の吐息を胸いっぱいに嗅いだ。

亜紀も舌を這わせ、惜しみなく唾液と吐息を与えてくれ、顔中を舐め回してくれた。彼は美少女の唾液でパックでもされたように、ヌルヌルにまみれながら悩ましい匂いに高まった。

「い、いきそう……」

言うと亜紀が舌を引っ込め、すぐに移動していった。

屈み込んで幹を支え、先端をチロチロと舐め回しはじめた。

「真貴子先生の匂い……」

亜紀は呟《つぶや》きながらも、厭わず張り詰めた亀頭をくわえ、スッポリと喉の奥まで呑み込んでいった。

そして熱い息を股間に籠もらせ、幹を締め付けて強く吸った。

まるで舌鼓《したつづみ》でも打つように、舌の表面と口蓋《こうがい》に亀頭が挟み付けられ、さらに彼女が顔を上下させた。

「ああ、気持ちいい……」

丈太郎はうっとりと喘ぎ、股間を突き上げながらリズミカルな摩擦で急激に絶頂を迫らせた。溢《あふ》れた唾液が陰嚢の脇を伝い、肛門まで生温かく濡らしてシーツに沁み込んでいった。

「い、いく……！」

とうとう昇り詰め、彼は快感に包まれながら口走ると同時に、ありったけの熱いザーメンをドクンドクンと勢いよくほとばしらせてしまった。

鬼娘と分かっていても、美少女の口を汚す背徳感が快感に拍車を掛けた。

「ク……、ンン……」

亜紀が喉の奥を直撃されて呻き、それでも噎《む》せることなく、摩擦と吸引、舌の蠢きを続行してくれた。

しかも強く吸うので、彼は魂《たましい》まで抜かれそうなほどの大きな快感を心ゆくまで味わい、最後の一滴まで出し尽くしていった。

「ああ……」

すっかり満足して声を洩らし、強ばりを解いてグッタリと身を投げ出すと、亜紀も動きを停め、亀頭を含んだまま口に溜《た》まったザーメンをコクンと一息に飲み干してくれた。

「あう……」

嚥下《えんか》と同時に口腔がキュッと締まり、彼は駄目押しの快感に呻いた。

ようやく亜紀も吸い付きながらチュパッと口を離すと、なおも幹をしごいて余りを搾《しぼ》り、尿道口に膨《ふく》らむ白濁《はくだく》の雫《しずく》まで、丁寧にペロペロと舐め取って綺麗にしてくれたのだった。

「も、もういい、有難う……」

丈太郎はクネクネと腰をよじらせ、過敏にヒクヒクと幹を震わせながら降参するように言った。

亜紀も舌を引っ込め、チロリと舌なめずりしながら添い寝してきた。

「ああ、気持ち良かった……」

丈太郎は言い、荒い息遣いを繰り返して顔を寄せ、コートからはみ出す乳首に吸い付きながら余韻を味わった。

亜紀も優しく抱いてくれ、彼の髪を撫でながら息を弾ませた。美少女の吐息にザーメンの生臭さは残っておらず、さっきと同じ可愛らしく甘酸っぱい果実臭がしていた。

「大学に戻っても、まだ食い初めしたい?」

彼は亜紀の胸に抱かれながら、呼吸を整えて訊いてみた。

「ええ、十八歳のうちに実行するわ。百瀬さんと一緒に」

「僕と一緒に……?」

「ええ、二人で、あの三人を食べてしまいましょう。そうしたら、百瀬さんも完全に私たちの仲間」

亜紀が言い、丈太郎は一瞬、三人の美女たちの柔らかな肉を嚙み切る感触と、味を想像してしまった。千恵里は柔らかそうで、美雪も味わい深く、香澄は健康的で実に旨《うま》そうである。

いや、そんな想像をしてしまうのも、やはり母娘の体液により、鬼の気が増してきたからだろうか。

「ね、三人とも違うタイプだけど、みんなきっと美味しいわ」

「う、うん……」

「百瀬さんは、自分ではまだ気づいていないだろうけど、もう鬼の力を宿しているのよ。寿命も格段に延びているし、人の胸骨ぐらい、爪の力で簡単に引きちぎれるわ」

亜紀が囁き、チロチロと彼の額を舐め回し、さらに綺麗な前歯で刮《こそ》ぐように擦った。何やら丈太郎は鬼除けの、正三角形を描く小さなホクロが徐々に消えていくような気がした。

と、そこへ青いコートの百合子が姿を現したのである。

「百瀬さん、どうか亜紀をよろしくね」

百合子が言い、丈太郎は青鬼族の美しい母娘を前にし、言いようのない幸福感に包まれた。

「じゃ、僕は東京へ帰る」

彼は言い、起き上がってベッドを降りると、手早く身繕いをした。

やがてペンションを出ると、百合子と亜紀が見送ってくれた。

「じゃ、近々大学で会いましょう」

亜紀が手を振って言い、丈太郎も頷いて青いコートの母娘を見た。

そして踵《きびす》を返し、自転車へと向かうと、そこへ一台の白い乗用車が入ってきて停まった。

「百瀬君、来ちゃったわ。私たちもお線香を上げさせて」

千恵里が降りてきて言い、美雪と香澄も花束を持って出てきた。

どうやら、千恵里が持っているセダンのようだ。

美雪が、土曜に来るという彼の言葉を覚えていて、それで千恵里たちにも行くよう提案したのだろう。

丈太郎が振り返って見ると、もちろん母娘の姿はなく、ペンションも崩れた廃屋に戻っていた。

三人は、廃材と化した小屋と、廃屋の裏手に花と線香を供え、しばらく手を合わせて死者の冥福を祈り、彼はそれをじっと見ていた。

やがて気が済んだように、三人が車に戻ってきた。

「さあ、一緒に帰りましょうね」

千恵里が言うと、香澄が気を利かせて彼の自転車を折り畳《たた》み、車のトランクに積み込んでくれた。

千恵里が運転席に乗り込むと、美雪と香澄は後部シートだ。

丈太郎は助手席に座り、すぐに車はスタートした。

丈太郎は、車内に籠もる三人分の生ぬるく甘ったるい匂いを感じ、股間を熱くさせてしまった。

そして彼は性欲以上に、どうにも口中に生唾が溢れてくるのを抑えることが出来なかったのである……。

一〇〇字書評

青頭巾ちゃん

切り取り線

購買動機（新聞、雑誌名を記入するか、あるいは○をつけてください）

☐（　　　　　　　　　　　　）の広告を見て
☐（　　　　　　　　　　　　）の書評を見て
☐ 知人のすすめで　　☐ タイトルに惹かれて
☐ カバーが良かったから　　☐ 内容が面白そうだから
☐ 好きな作家だから　　☐ 好きな分野の本だから

・最近、最も感銘を受けた作品名をお書き下さい

・あなたのお好きな作家名をお書き下さい

・その他、ご要望がありましたらお書き下さい

住所	〒				
氏名		職業		年齢	
Eメール	※携帯には配信できません	新刊情報等のメール配信を 希望する・しない			

この本の感想を、編集部までお寄せいただけたらありがたく存じます。今後の企画の参考にさせていただきます。Eメールでも結構です。

いただいた「一〇〇字書評」は、新聞・雑誌等に紹介させていただくことがあります。その場合はお礼として特製図書カードを差し上げます。

前ページの原稿用紙に書評をお書きの上、切り取り、左記までお送り下さい。宛先の住所は不要です。

なお、ご記入いただいたお名前、ご住所等は、書評紹介の事前了解、謝礼のお届けのためだけに利用し、そのほかの目的のために利用することはありません。

〒一〇一-八七〇一
祥伝社文庫編集長　清水寿明
電話　〇三（三二六五）二〇八〇

祥伝社ホームページの「ブックレビュー」からも、書き込めます。
www.shodensha.co.jp/bookreview

祥伝社文庫

青頭巾《あおずきん》ちゃん

令和 4 年10月20日　初版第 1 刷発行

著　者　睦月影郎《むつきかげろう》
発行者　辻　浩明
発行所　祥伝社《しょうでんしゃ》
東京都千代田区神田神保町 3-3
〒101-8701
電話　03（3265）2081（販売部）
電話　03（3265）2080（編集部）
電話　03（3265）3622（業務部）
www.shodensha.co.jp

印刷所　萩原印刷
製本所　ナショナル製本
カバーフォーマットデザイン　芥 陽子

本書の無断複写は著作権法上での例外を除き禁じられています。また、代行業者など購入者以外の第三者による電子データ化及び電子書籍化は、たとえ個人や家庭内での利用でも著作権法違反です。
造本には十分注意しておりますが、万一、落丁・乱丁などの不良品がありましたら、「業務部」あてにお送り下さい。送料小社負担にてお取り替えいたします。ただし、古書店で購入されたものについてはお取り替え出来ません。

Printed in Japan ©2022, Kagerou Mutsuki ISBN978-4-396-34847-2 C0193

祥伝社文庫の好評既刊

睦月影郎
みだれ桜
切腹を待つのみの無垢な美女剣士から死ぬ前に男を知りたいと迫られ、濃密なときを過ごした三吉《さんきち》だったが⁉

睦月影郎
とろけ桃
吉井祐二郎《よしいゆうじろう》と、剣術指南役の義姉《あね》貴枝《きえ》。相性最悪の二人は、義父《ちち》の敵討ちへと発つが、貴枝が高熱で倒れ……。

睦月影郎
生娘《きむすめ》だらけ
女だけで運営する藩校に通う姫君を守るため雇われた修吾《しゅうご》。誤解から捕えられた挙句《あげく》、奉仕を強要され！

睦月影郎
美女百景 夕立ち新九郎《しんくろう》・ひめ唄道中
武士の身分を捨て、渡世人に身をやつした新九郎。次々と美女と肌を重ねる旅路は、国定忠治《くにさだちゅうじ》との出会いから！

睦月影郎
身もだえ東海道 夕立ち新九郎・美女百景
小夜《さよ》姫と腰元綾香《あやか》、美女二人の出奔《しゅっぽん》の旅に同行することになった新九郎。古寺に野宿の夜、驚くべき光景が……。

睦月影郎
美女手形 夕立ち新九郎・日光街道艶巡り
「そこは堪忍《かんにん》……」味と匂いが濃いほど高まる男・新九郎、女体を堪能《たんのう》。進む日光街道は、今日も艶《つや》めく美女日和。

祥伝社文庫の好評既刊

睦月影郎

よがり姫
艶めき忍法帖

ふたりの美しい武家女と、快楽の極地へ。若く美しい姫君が、美貌の腰元から男の仕組みを学ぶ時間が始まり……。

睦月影郎

熟れ小町の手ほどき

春画家が想い、描き続けてきた兄嫁。本物はもっと淫《みだ》らだった！　無垢《むく》な義弟に、美しく気高い武家の奥方が迫る。

睦月影郎

純情姫と身勝手くノ一

姫君と濡れて、女忍びに溺《おぼ》れる――。男ふたりの悦楽の旅は、息つく暇なく美女との出会いがいっぱいで……。

睦月影郎

あられもなく
ふしだら長屋劣情記

美しい後家、無垢《むく》な姫君、人妻となった元許嫁《いいなずけ》……次々と現れる美女たちの柔肌にまみれる、愛欲の熱帯夜。

睦月影郎

壬生《みぶ》の淫《みだ》ら剣士

「初物、頂いてよろしおすか？」新選組の躍動する幕末を舞台に、若人《わこうど》は京女を知り、そして溺《おぼ》れてゆく。

睦月影郎

大正浅草ミルクホール

未亡人は熱っぽくささやいて――美しい母娘が営む店で、夢の居候生活が幕を開ける！

祥伝社文庫の好評既刊

草凪 優　俺の美熟女

俺は青いリンゴより熟《う》れきったマンゴーの方が断然好きだ——。熟女の滴《したた》るような色香とエロスを描く傑作官能。

草凪 優　奪う太陽、焦《こ》がす月

意外な素顔と初々《ういうい》しさ。定時制教師・浩之《ひろゆき》が欲情の虜《とりこ》になったのは、二十歳《はたち》の教え子・波留《はる》だった——。

草凪 優　裸飯《はだかめし》　エッチの後なに食べる?

美味しい彼女と淫らなごはんを——。ギャップに悶えて蕩ける、性と食の情緒を描く官能ロマン、誕生!

草凪 優　金曜日 銀座 18:00

東京が誇るナンパスポット、銀座・コリドー街。煌《きら》めく夜の街で、恋とセックスを求め彷徨《さまよ》う、男女の物語。

草凪 優　不倫サレ妻慰めて

今夜だけ、抱いて。不倫、浮気をサレた女との出会いと別れ。悲しみに暮れる表情に湧き上がる衝動。瑞々しい旅情官能。

草凪 優　ルーズソックスの憂鬱《ゆううつ》

人生を狂わせた女子高生純菜《じゅんな》が、二十年後、人妻として隣に越してきた。矢崎孝之は復讐を胸に隣家を覗《のぞ》くと……。

祥伝社文庫の好評既刊

沢里裕二　淫爆《いんばく》　FIA諜報員　藤倉克己《ふじくらかつみ》

爆弾テロから東京を守れ！　あの『処女刑事』の著者が贈る、とっても淫らな国際スパイ小説。

沢里裕二　淫奪《いんだつ》　美脚諜報員　喜多川麻衣《きたがわまい》

現ナマ四億を巡る「北」の策謀を阻止せよ。局長の孫娘にして英国諜報部仕込みの喜多川麻衣《きたがわまい》が、美脚で撃退！

沢里裕二　淫謀《いんぼう》　一九六六年のパンティ・スキャンダル

一枚のパンティが領土問題を揺るがす。蠢く大国の強大なスパイ組織に対して、体を張ったセクシー作戦とは？

沢里裕二　女帝の遺言　悪女刑事《デカ》・黒須路子

違法上等！　暴発捜査！　手が付けられない刑事、臨場。公安工作員拉致事件の背後に恐ろしき戦後の闇が……。

沢里裕二　帝王に死を　悪女刑事《デカ》・黒須路子

恐喝、拉致、暴行当たり前。闇の暴力装置が暴走を始めた。芸能界の暗部を探るため、悪女刑事が潜入捜査する！

沢里裕二　悪女のライセンス　警視庁音楽隊・堀川美奈

罪なき人を次々と毒牙にかける特殊詐欺。その黒幕に迫るべく、「ド新人」捜査員・堀川美奈が疾走する！

〈祥伝社文庫　今月の新刊〉

坂井希久子
妻の終活
余命一年。四十二年連れ添った妻が末期がんを宣告された。不安に襲われた老夫は……。

桜井美奈
相続人はいっしょに暮らしてください
高三の夏、突然ふってわいた祖母の遺産相続。受け取るための〝ささいな〟条件とは？

鷹樹烏介
武装警察　第103分署
麻薬、銃、機関砲……無法地帯に跋扈する悪。魔窟を一掃すべく一匹狼の刑事が降り立つ！

睦月影郎
青頭巾ちゃん
殺人遺体が続出するペンション。青いコートの人喰い女は何者か。新感覚ホラー×官能！

法月綸太郎
二の悲劇　新装版
二人称で描かれる失楽園の秘密とは！　探偵法月を最も翻弄した幻惑と苦悩の連続殺人！

南　英男
罠《わな》地《じ》獄《ごく》　制裁請負人
狙われた女社長、逆援助交際クラブ、横領三億円の行方……奈落で笑う本物の悪党は誰だ？

小杉健治
ひたむきに　風烈廻り与力・青柳剣一郎
浪人に殺しの疑いが。逆境の中、己を律して生きるその姿が周りの心を動かす！

門田泰明
天華《てんげ》の剣《けん》（上）
新刻改訂版　浮世絵宗次日月抄
幕府最強の隠密機関「白夜」に宗次暗殺の厳命、下る――。娯楽文学史に燦然と輝く傑作！

門田泰明
天華《てんげ》の剣《けん》（下）
新刻改訂版　浮世絵宗次日月抄
次期将軍をめぐる大老派と老中派の対立。強大な権力と陰謀。宗次、将軍家の闇を斬る！